그런 날, 어떤 하루

이상한 날에서
슬픈 날을 지나
좋은 날까지
일 년에 딱 하루.
오늘이 그날

그런 날, 어떤 하루

정화영 지음

사유와공감

목차

Part 3 좋은 날

TO.

지금은 내 곁에 없지만

언젠가 나의 손 잡아준 너를 위해

프롤
로그

우리 집 창가에는 매일 봐도 똑같은 식물이 하나 살아.

정말 똑같아. 매일 봐도 달라진 게 없어.

가끔은 너무 똑같아서 혼자 중얼거렸어.

그냥 액자나 걸어 놓을 걸 그랬나, 내 주제에 무슨 식물이람.

또 그런 생각도 했어.

널 '살아 있다'라고 믿어도 되는 거니.

내가 널 '키운다'라고 말해도 되는 거니.

괜한 짓인가, 투덜거리며 너를 째려봤었어.

그런데 오늘, 가슴이 쿵 떨어졌어. 그래, 정말 쿵! 했어.

쭉쭉 뻗은 선인장 같은 너의 커다란 줄기 아래,

예쁘고 부드러운 여린 줄기 하나가 모습을 드러낸 거야.

너는 누구니. 언제 어디에서 와서,

여기 뿌리 내리고 살결을 드러낸 거니.

난 화분 앞에 쪼그리고 앉아 말했어.

미안해.

다시 천천히 말했어.

네가 거기에서 나오려고 그렇게 오랫동안 애쓴 걸 몰라서 미안해.

살아 있는 너를 의심해서 미안해.

가려진 시간을 몰라봐서 미안해.

만약 나한테 단어 사전이라는 게 있다면

맨 앞줄에 쓰이는 말은 '어느 날'이 될 거야.

'어느 날'이라는 말은 정말 나를 깜짝 놀라게 하니까.

가끔은 무섭기도 했어.

내가 뒤통수를 맞을 때도 항상 어느 날이었거든.

그런데 또 이상한 건 그게 다가 아니라는 거야.

내 심장을 뛰게 하던 날도, 예고 없이 찾아온 어느 날이었으니까.

날 사랑하던 그 사람의 진실을 알게 된 날도.

엄마의 눈물을 이해하게 된 날도.

친근한 이방인이 날 웃게 했던 날도.

이상하게 모두가 어느 날이잖아.

그래,
딱 하루만
오늘만
초라할 게

가끔은 예상하지 못했던 슬픈 어느 날이 찾아와도

괜찮은 이유가 있다면 그건 '딱 하루'여서일 거야.

액자처럼 똑같던 화분이 변했다는 걸 속삭여준 하루처럼.

더 이상 어제와 같지 않다는 걸 알게 된 하루처럼.

그게 딱 하루여서, 이상하게 위로가 됐어.

말해줄게.

오늘은 나에게 어떤 하루인지.

어제는 썩 잘 어울렸던 옷이 오늘은 후줄근해 보여서

집에서 나가기도 싫었던 하루였어.

혼자만의 시간을 즐기려고 카페에 앉았는데

갑자기 내가 궁상맞다고 느껴지던 하루였어.

잘 차려입고 좋은 곳에서 비싼 음식을 먹고 있는데

기분이 막 나빠지던 하루였어.

심지어, '초라하다'는 생각이 숨 막히게 느껴지는 하루……였어.

왜 그렇게 갑자기 내 마음이 고장 나는 걸까.

어딘가 멈춰버리는 것 같은 생각 말이야.

계획대로 하다가도 이게 맞나, 아무것도 모르겠는 날이 있잖아.

바쁘게 사는 사람들이 문득, 무서울 때도 있고.

다 뛰어가는데 나만 가만히 서 있는 것 같은 날.

그런 날엔 자꾸 생각나. '초라하다'라는 말.

왜 나는 이렇게 궁상을 떨고 바보처럼 휘둘리고 있을까.

너한테 내 마음을 꺼내놓을 용기는 없고

나한테 따질 용기는 더 없으니 말이야.

그래서 생각했어.

처량한 아침과 지쳐버린 오후와 쓸쓸한 밤에 다짐했어.

'일 년에 딱 하루만이라면, 오늘이 그날이라면'

잠깐 초라해도 괜찮을 거야.

어느 날 와줘서
고마워

Part 1

이상한 날

가끔 예고 없이
이상한 날이 찾아왔어

주저앉은 초라한 날에
뭘 해야 할지

내 말을 들어봐

바보 같다고 느껴
지는 날
차라리 그냥 웃어
버려.
가끔 바보가 되어
도 괜찮아.
바보 같은 나에게
위로받는
네가 있어서 다행
이야.

바보 같은 날

먼저 전화하는 것도 싫다

모처럼 느낌이 좋았다. 옷차림도 마음에 들고 화장도 잘 먹었다. 일하다 뛰어 들어간 화장실에서 힐끔 본 내 얼굴도 마음에 들었다.

어디서 무슨 에너지가 나오고 있는 건지 모르겠지만, 묘하게 내가 반짝이고 있었다.

반짝인다는 말은 참 멋있다. 억지로 만들 수 있는 게 아니니까. 말 그대로 내 안에서 어떤 에너지로 인해 빛이 나는 거니까.

복도를 서성이면서 생각했다. 이런 날은 무조건 번개야. 내 반짝이는 얼굴을 누구에게라도 보여줘야지. 집에 늦게 들어가야지. 아무 약속이라도 만들고 싶었다.

그런데 이상했다.

묘한 설렘은 햇빛에 조금씩 증발하더니 퇴근이 가까워질 무렵에는 조금밖에 남아 있지 않았다. 아까의 나와는 다른 모습이었다. 그래도 기억 속 오늘은 특별한 날이었으니까, 다시 에너지를 끌어 모았다.

회의가 예정보다 길어지고 끝내야 할 일이 생각보다 많았지만 여기까지도 나쁘지 않았다. 바쁘게 일하느라 반짝이는 열정을 모두 쏟아낸 거라면, 그것도 썩 그럴듯했다.

드디어 퇴근 시간이 다가왔다. 주변을 둘러보았다. 레이더를 켜고 동료들의 표정을 살폈다.

저녁 먹을까, 물어볼 사람을 찾고 싶었다. 그런데 오늘따라 다 바쁘게 뛰어다니고 있었다. 점심을 같이 먹었던 책상 앞 후배를 빼고 나니, 여유 있는 사람은 아무도 없었다.

다시 궁금해졌다. 나 아직도 반짝이고 있나?

화장실에 가서 손을 씻으며 천천히 얼굴을 봤다. 눈을 비비고 다시 봐도 탱글탱글하던 윤기는 흔적도 없이 사라지고 없었다. 고치지 않은 화장은 기름진 하루의 때와 적당히 버무려져 있었다. 기분 좋게 어울렸던 옷차림도 후줄근하게 늘어져 버렸다.

그런데도 나는 바로 집으로 들어가고 싶지 않았다.

핸드폰을 열어 내 인생을 촘촘히 채운 이름들을 보았다. 가족도 있고, 친구도 있고, 동료도 있고, 모임에서 만난 사람들도 보였다.

물론 누구에게라도 전화할 수는 있었다. 하지만 용기 낼 대상은 잘 보이지 않았다.

평소의 나는 그러지 않았으니 더 그랬다. 예고 없던 전화에 '도대체 무슨 일이라도 생겼어?'라고 물어볼 게 뻔했다.

전화는 항상 어렵다. 전화로 수다를 시작하는 것도, 마음속의 말을 꺼내는 것도 마찬가지다.

어쩌지 못하고 집으로 돌아오는 길에 편의점에 들러 맥주캔을 몇 개 샀다. 가족들이라도 집에 일찍 들어와 나를 기다려주면 좋으련만. 이런 날은 언제나처럼 손발이 딱딱 안 맞는다.

　도대체 이것은 어떤 호르몬의 농간이었을까. 알 수 없는 기대감에 팽팽 힘주어 일하다가 다시 알 수 없는 기분에 마음이 가라앉았다.

　핸드폰을 열었다 닫았다 요란을 떨면서 메시지들을 점검하며 집에 오는 길에 그런 생각이 들었다.

　정말 나 오늘 참 바보 같다고.

　통, 맥주 캔을 따서 꿀떡꿀떡 탄산을 목 아래로 밀어 넣었다. 이렇게라도 바보 같은 하루를 달래주고 싶어서였다.

🌙 ☁ ☀

　난 먼저 전화하는 걸 쉽게 생각하는 사람이 아니다.

　그렇다고 잘난 척하려는 것도 아니다.

　선생님, 제가 오는 전화를 받으면 받았지 손수 먼저 전화할 만한 사람은 아니에요, 이런 뜻은 절대 아니다. 그냥 그렇다. 핸드폰을 열고 버튼을 누르는 일은 어렵다.

"잘 지냈어? 생각나서 해봤어."라는 말은 어색했다. 안부가 궁금하다면 문자 한 줄 정도로 대신했다. 언제든 편안한 시간에 나의 안부를 확인해주길 바라면서 말이다.

외롭고 쓸쓸한 밤에도, 고민 속에 무너질 것 같은 새벽에도, 이유 없이 슬픈 낮에도 누군가에게 전화하기는 어렵다. 누군가 걸어준다면 고맙겠지만, 나는 그러지 못한다.

왜 그럴까, 생각해 봤다. 예고 없이 울리는 전화야말로 불청객이라는 생각 때문일 것이다.

내 전화가 그 사람의 평화로운 고요를 깨울까 조심스러워서다. 용건 없는 전화는, 그리고 이유 없이 묻는 안부는 어색할 것 같아서다. 전화는 시간과 공간을 초월해 우리를 연결해주고 있지만 그래서 더 무섭다.

그래서 가끔 울리는 벨 소리가 고마울 때도 있다.

"잘 지내? 나 퇴근하면서 생각나서 전화했어. 어디야? 아픈 데는 없지?"

퇴근길마다 장거리 운전을 해야 했던 친구는 가끔 그렇게 나에게 안부를 물어주었다. 반가운 목소리가 들리면 질문이 끝나기가 무섭게 평범했던 하루를 빠르게 브리핑했다. 소녀처럼 재잘거리며 들떴다가 아무것도 아닌 고민도 털어놓았다.

휴우, 속이 다 시원하다, 이런 탄식을 내뱉을 때까지.

"근데 너는 왜 나한테 전화를 안 해?"

전화를 끊을 때 친구는 꼭 이런 잔소리를 붙였다. 나는 서둘러 변명했다.

"아니, 너 바쁠까 봐. 회사에서 일하는 데 방해될까 봐."

"그럼 저녁에 하면 되잖아."

"아니, 너 퇴근하면 남편이랑 아이들 밥 차려야 하잖아. 바쁠까 봐."

"그럼 도대체 언제 전화할 수 있어?"

"……그러게."

이럴까 봐, 저럴까 봐, 핑계를 대면서 생각했다. 나 언제부터 이렇게 전화하는 걸 힘들어했지, 옛날에도 그랬나. 옛

날이라면 언제였을까. 조용히 중얼거렸다.

🌙 ☁ ☀

전화가 언제부터 나의 삶을 울렁이게 했는지 생각해보았
다. 답은 생각보다 뻔한 곳에 있었다. 그건 나의 기쁨과 슬
픔이 되었던, 일 때문이었다.

나는 방송 작가로 긴 시간을 살았다. 방송사에서 일을 시
작하면서 가장 먼저 배운 건 취재였다. 전화 취재는 작가의
가장 큰 임무였기 때문에 제일 먼저 전화기를 붙잡고 모르는
사람과 인사 나누는 법을 배웠다.

안녕하세요, 저는 어디에 소속된 누구입니다. 당신과 이야
기하고 싶어요.

알랑방귀를 뀌는 목소리엔 살짝 웃음도 섞었다. 신뢰감 있
는 말투를 만들기 위해 억양도 고쳤다. 얼굴도 모르는 그 사
람이 나의 전화를 거절하지 못하도록 안간힘을 썼다. 목소

리로 누군가에게 좋은 사람이 되려고 애를 썼다.

전화로 취재할 때는 새로운 세상으로 간다. 외부와 완전히 차단되고 싶어 이어폰을 끼고 앉았다. 두 손으로는 키보드를 두드려 취재 내용을 정리했다. 컴퓨터가 없을 때는 촘촘한 메모도 필수다. 그것조차 안 될 때는 최선을 다해서 외워버린다. 통화 내용이 통째로 기억되는 놀라운 경험을 하면서 나는 성장했다.

과도한 전화량에 지쳐서 집에 돌아오면 전화를 꺼버리고 싶을 때가 많았다. 하지만 그렇게 했던 적은 별로 없었다. 저녁 시간에, 새벽에, 이른 아침에, 휴일에, 여행지에서도 울리는 전화를 받았다. 내게 정보를 얻으려는 그 사람을 위해 언제든 콧소리를 섞어 인사했다. 무슨 일이세요, 라고 물으며.

전화에서 해방되고 싶을 때는 간헐적인 휴가가 아니라 완전한 퇴사를 선택했다. 프로그램에서 하차하는 일밖에는 벗어날 방법이 없었다. 전화를 신경 쓰지 않고 TV의 볼륨을

높이는 여유는 완전한 백수로서만 가능한 일이었다.

그래서일까.

만나고 싶어 전화했어, 라는 말을 잘하지 못했다.

그냥 언제 밥 먹자, 라는 문자만 남겼다.

혼자라고 해도 그게 편안했다.

늘 그런 생활에 파묻혀 살아가다 보면 그게 이상한 일도
아니었다.

그런데 어느 날, 그런 내가 이상했다.

아니다. 이상하게 느껴지는 게 더 이상한 날이었다.

얼굴도 보이지
않는 세상에서
사라지면 좀 어때.

가끔은 가만히
조용히 있는 것도
괜찮아.

사라지고 싶은 날

SNS를 끊었다

내가 좋아하는 욕이 있다.

욕을 좋아한다고 하니 참 민망한 말이지만. 어쩔 수 없다.

난 그 욕을 좋아한다. 그리고 자주 한다.

운전하다가 일방통행 길에 진입했을 때.

게임하다가 아이템 쓸 시기를 놓쳐 져버렸을 때.

중요한 기념일을 잊어버리고도 아무 노력도 하지 않았을 때.

콩나물을 무치다가 고춧가루를 퍼부었을 때.

혼자 중얼거린다.

이 모지리 같은…….

'모지리'는 말 그대로 모자란 사람이라는 뜻이다. 경상도에서는 어른들이 실수하는 아이들을 보고 하는 말이기도 하다. 전라도에서는 '머저리'를 뜻하기도 한다.

그런데 이런 욕으로 나의 내면을 비추어 털어 내는 이유는 불완전한 자아를 마주하고 싶어서다.

온전하지 않은 나.

기능을 잃어버리고 책임을 다하지 못하는 도구로서의 나.

두 개여야 하는 신발 한 짝을 찾지 못해 버려지는 그런 순간 같은.

그 사소한 순간에 나를 욕하는 것이 무슨 도움이 될까.

그런데 왜인지 모르겠지만 하고 나면 조금은 개운하다.

이 모지리. 멍청하기도 하지. 그래, 지랄도 참 풍년이다. 가지가지 하네.

나를 향해 욕을 터뜨리면 팽팽했던 긴장이 사라지면서 엉겨 붙었던 마음도 풀어지는 것 같다.

하지만 슬픈 건 그다음이다. 욕을 하고 나면 더 큰 불안함이 찾아온다.

나라는 사람은 영원히 완전해질 수 없을 것 같아서다.

욕도 쓸모없는 나를 언젠가 만날까 봐서다.

그러니 서둘러 이런 말을 덧붙인다.

오늘은 그렇지만, 또 다음이 있을 거야.

그렇게 말하는 것밖에 할 수 있는 일이 없다.

🌙 ☁ ☀

불완전한 나를 발견하는 건 솔직히 두려운 일이다.

중요한 업무를 앞두고 잘할 자신이 없는 날에도 그렇다.

시험을 앞두고도 그렇다.

발표를 하는 날도 그렇다.

사람들의 주목을 받게 되는 어딘가에서 마이크를 쥐었을 때도 그렇다.

불완전한 그 상태를 벗어나려고 안간힘을 쓰면서도 실패가 두려운 건 어쩔 수 없다.

그런 어느 순간의 이야기다.

회의에서 냈던 아이디어를 모두 까였던 나는 화장실에 숨어들어가 문을 닫고 가만히 앉아 나를 욕했다. 한참 시간이 지난 뒤 겨우 용기를 내고 나와 손을 씻었다. 머리를 식히며 핸드 드라이기에 손을 말리고 있는데 친구 SNS의 알림이 떴다.

그렇게 궁금하지도 않았지만 화장실 문을 열면서 툭 알림 메시지를 눌렀다. 그러자 앱이 실행되면서 친구의 일상이 떴다.

친구는 나와는 다른 계절에 있었다. 짧은 원피스 차림으로 번쩍거리는 호텔에 서 있었다. 줄줄이 이어지는 사진을 봤다. 요란한 빛의 음료수를 들고 환하게 웃고 있었다. 그리고 디자인 가구와 푹신한 침대에서도 웃고 있었다.

"작가님. 괜찮으세요?"

복도에서 나를 깨우는 누군가의 목소리에 겨우 나의 계절로 돌아왔다. 뜨거운 히터가 돌아가는 요란한 울림은 내 몸을 진동시켰다.

"네. 왜요?"

"저랑 얘기 좀 하시죠."

끈적이는 공기로 채워진 편집실에서 PD가 꺼내놓는 하소연을 한참이나 듣고 나서 우리는 같이 편집을 시작했다. 회의도 망했는데, 편집까지 망할 수는 없으니 오늘은 꼼짝없이 자리를 지켜야 했다.

PD는 나를 위해서 침대를 가져왔다며 편집실에 매트리스를 펼쳐주었다.

"밤을 새야 하니 힘들면 누워서 보세요."

"그럴까요?"

"생각보다 괜찮아요, 작가님. 제가 작가님을 위해 특별히 준비했어요."

냄새나는 접이식 침대에 엉거주춤 앉았는데 모니터에 좀처럼 집중할 수가 없었다.

순간 이상한 게 궁금해졌다.

PD의 SNS엔 어떤 사진이 있을까 하는.

가장 최근 사진은 몇 년 전에 다녀왔다던 해외 촬영지였다. 시간이 이렇게 바쁘게 지나고 있는데 그는 저토록 긴 시간 오랜 과거에 머물러 있었다.

게다가 사진과 어울리지 않는 문장 하나.

'#하나씩 천천히'

편집하는 PD의 등을 한참이나 보다가 묻고 싶었다.

도대체 얼마나 긴 시간을 이 마음으로 살아 온 거야.

그리고 왜 다른 사진은 올리지 못했던 거야.

새벽 두 시를 넘기고 건물을 빠져나왔다. 차가운 바람에 총총걸음으로 택시에 올라타고서는 SNS를 다시 열었다. 확인도 하지 않는 백여 개나 되는 알림 메세지가 보였다.

누군가는 끊임없이 삶을 보여주려고 애썼고, 누군가는 나의 일상을 보고 있다고 말하고 있었다. 또 누군가는 친구 하자는 메시지를 몇 번이나 보냈다. 그런데 이렇게 삶을 나누는 게 맞는 걸까, 의심됐다.

그리고 갑자기 생각났다.

맞아, 아까 SNS를 보려고 했던 이유.

내가 초라한 게 싫어서였지.

🌙 ☁️ ☀️

그랬다.

처음엔 남들이 하니까, 그것이 유행이어서였다.

남들보다 빠르게 살아가는 직업을 가졌는데 안 하면 뒤처지는 것 같아서였다.

그래서 사진을 찍어 삶을 기록했다.

한 컷의 이미지가 기록되고 SNS라는 창을 통해 세상 어디론가로 계속 날아갔다.

누군가 좋다고 해주면 나도 좋았고 안부를 물어주면 그것도 고마웠다.

그런데 그날부터였을까.

내 SNS 공간에 남은 기록들이 두려워졌고 낯설어졌다.

바보 같은 나의 하루에 타인의 삶이 툭 다가올 때,

별로 말하고 싶지 않던 내 삶의 기록에 누군가 아는 척할 때,

먼 거리에 있고 싶은 사람이 친구를 요청해올 때,

일 때문에 잠깐 만났던 사람과 대화를 이어가야 할 때,

나는 움찔했다.

작은 앨범을 만들어 가끔 들어가 쉬려던 것뿐이었는데 오히려 이것이 나를 피곤하게 만들었다는 생각에 도달했을 때, 나는 고민 없이 SNS 문을 닫았다.

물론 사랑하는 이들의 삶이 궁금할 때 몇 장의 사진으로 작은 기록들을 나누고 싶은 마음도 있다.

하지만 지금은 그 노력을 멈추기로 했다.

SNS를 닫아 버린 세상에 사는 것이 뒷걸음질인 것 같아 두려울 때도 있지만.

느리게 알아가는 것이 감사할 때도 있다는 걸 부인할 수 없다.

천천히 걸었을
뿐인데
무리에서 빠져나
와 버릴 때가 있어.

그럴 때 쫓아가지
않는다고
나쁜 건 아냐.

왕따가 되기로 한 날

2차는 가지 않겠습니다

방송 작가를 보따리장수라고 부르는 이유는 간단하다.

우리는 그런 사람이다. 어디에도 뿌리내리지 못하고, 장사가 끝나면 다른 곳으로 옮겨가는 사람.

말이 좋아 프리랜서이지, 비정규 근로자이고, 파리 목숨이다.

책임감은 정규직 근로자인 프로듀서 못지않게 크고, 역할도 그들 못지않게 중요한데, 우리에겐 4대 보험이 없다. 정규직 근로자에게 주는 상여금이나 포상금도 없고 명절 선물도 챙겨주지 않는다.

일할 때는 중심에서 일하다가, 일이 끝나면 꽁무니로 줄을 서는 사람들이 우리 같은 프리랜서다.

프로그램을 맡은 동안은 뭐 수호신이나 된 듯, 거대한 고

목처럼 후배들을 지킨다. 밖에서 불어오는 폭풍도 막아 내고 내부 문제들도 척척 해결한다. 하지만 강한 책임감을 시전하다가도 계약이 끝나면 가방을 싸야 한다. 사실 뭐 쌀 것도 별로 없다. 노트북 하나에 책 몇 권 같은 거다. 그저 매일, 오늘이 마지막일 수 있게 언제나 떠날 준비가 되어 있다.

방송 프로그램을 맡은 동안만, 일시적으로 그곳의 일원이 된다는 건 양면의 마음을 갖게 한다. 뿌리가 없다는 건 쓸쓸한 일이지만 그래서 자유롭기도 하다. 아니, 자유로워도 된다. 누가 뭐라고 할 것인가. 나는 그들의 일부이지만, 언제나 잘라낼 수 있는 계약직이니 말이다. 물론 그걸 깨닫는 데는 10년이 더 넘게 걸렸다.

"작가님, 2차 가실 거죠?"

제작사 대표는 두꺼운 코트를 여미면서 내게 물었다. 나를 지긋이 보던 눈 때문에 잠깐 고민했다. 노래방만 아니면 갈 수도 있어요, 라고 말해 볼까. 하지만 그건 엄청난 파장을 일으킬 게 뻔했다. 정 작가님이 노래방 싫다고 합니다, 누군가 그렇게 외친다면 어떻게 될까. 제작 PD인 차장과 책임 PD인 국장은 이렇게 물어볼 게 뻔했다. 정 작가 그럼 무슨 술 먹고 싶어? 그럼 난 눈치 없이 이렇게 대답할 것이다. 아 이참, 그냥 차 마시면 안 될까요? 와장창, 분위기를 깨고 말 것이다.

이런저런 생각을 하다가 다시 눈이 마주쳤을 때였다. 제작사 대표는 대답을 유도하는 몸짓을 보냈다. 2차에 같이 가겠다고 해주세요, 라는 표정이었다.

그런데 툭 말해버렸다.

"그냥 저 알아서 할게요."

뱉어놓고 나니 당황스러웠다. 생각했던 것보다 차갑고 사무적인 대답이었다. 그는 난감하면서도 실망스러운 표정을 감추지 않고 담배를 꺼내 물었다.

조연출이 노래방을 알아보러 간 사이에 고깃집 문 앞에 선 사람은 대략 스무 명. 최종 결정자 국장은 다른 제작사 대표와 대화하고 있었다. 밀린 제작 회의라도 하는 것처럼 진지한 얼굴이었다. 그러다 보니 내가 속해있는 제작사 대표는 겉도는 듯, 한 발 떨어져 내 곁에 서 있었다. 나에게조차 바람맞았다는 표정으로, 차가운 공기 사이로 담배 연기만 내뱉었다.

나는 연기처럼 흔들리는 마음으로 그의 얼굴을 가만히 보았다. 맞다. 그는 내게 뭔가 도움을 요청하는 거였다. 우리가 저들처럼 두터운 친분을 갖기 위해선 이 밤에 네가 필요해, 라는 말. 먼저 가지 말고 즐거운 표정으로 웃고 노래하면서 새로운 날을 기약해보자, 라는 말.

그는 아무 말도 하지 않았지만 나는 느꼈고 알았다. 그리고 부담스러웠다.

"이쪽으로 가시죠. 자리 잡았습니다."

조연출들이 장소 섭외를 끝냈다면서 소리칠 때 정말 오만 가지 생각에 머리가 무거워졌다. 어떤 권리도 주지 않으면서 왜 이런 친분을 바랄까, 생각이 꼬리에 꼬리를 물면서 쏟아졌다.

훅, 시선을 돌렸다.

오랜 친구였던 다른 쪽 제작사 작가에게 성큼 다가갔다. 아까부터 슬금슬금 불편해 보였던 그녀의 걸음걸이가 내 레이더에 잡힌 거였다.

"너, 집에 안 가?"

"가려고. 남자친구가 기다려."

"그럼 같이 가자."

"그냥 가도 괜찮겠어?"

"안 괜찮을 게 또 뭐 있어."

그리고 제작사 대표를 보면서 크게 말했다.

"죄송해요, 저희는 먼저 가겠습니다."

노래방을 향해 걷던 무리가 일제히 우리를 보았다. 앞장서서 걷고 있던 국장이 실눈을 뜨며 고개를 돌렸을 때 나는 정중하게 인사했다. 그나마 내 곁에 다른 작가가 한 명 더 있어 다행이었다.

대답 없이 고개만 까닥이고 돌아서는 국장의 뒤에서 말없이 걷던 제작사 대표의 얼굴을 스쳐보았을 때 생각했다. 이미 늦었어. 미안해하지 마.

회식이 있다는 말을 들었을 때 첫 번째 나의 반응은 '정말? 좋아!'가 아니다. 오히려 '왜?'라든가, '언제?'라는 조금은 방어적인 태도다. 그럴 수밖에 없던 것이 회식의 문화가 많이 바뀌었다고 하지만 여전히 회식은 서열이 높은 사람과 낮은 사람, 비즈니스로 묶인 사람이 뒤엉켜 예의 바른 태도로 무장한 채 술을 마시는 자리이기 때문이다.

적어도 나는 그랬다. 시간을 맞춰 회식 장소에 도착했어도 먼저 자리에 앉지는 못했다. 막내로 일할 때도, 메인으로 일할 때도 마찬가지였다. 연차가 늘어나고 경력이 쌓이고 서열 높은 곳에 올라가도 나는 마찬가지였다.

어디에 앉아야 할지부터 항상 고민이었다. 습관적으로 대화를 주도하는 사람들을 피해서, 술이 많이 오가는 테이블을 비켜, 후배들이 부담스러워하지 않을 자리에 똬리를 틀었다. 뱀처럼 조용히 앉아 밥이나 먹고 싶다는 생각은 좀처럼 나아지지 않았다. 나는 왜 이곳에 물들지 못할까, 고민하면서 말이다.

그래도 다행인 것은 그런 곳에서도 동지가 있다는 거다. 나와 비슷한 성격과 본능을 가지고 탐구하듯 주변을 살피는 사람. 서로 말하지 않아도 안다. 함께 밥을 먹어도 편안한 우리라는 것을.

회식이 늘 힘든 건 아니었다. 함께 땀 흘리며 일한 뒤 촬영 현장에서 먹는 밥상은 얼마나 행복한가. 서로를 격려하며 마시는 술 한 잔은 즐겁다. 햇볕에 그을려 빨개진 얼굴을 놀리거나 모기에 뜯긴 자국을 확인하면서 격려할 때도 그렇다. 말 그대로 동고동락하며 시간을 보냈던 사람들이 모여 앉을 때, 술 한 잔의 회식은 진짜 의미가 있다. 피할 이유가 없는 장소였다.

하지만 힘들어지는 건 이런 순간이었다. 엄청난 양의 술을 미리 주문하는 순간. 첫 잔은 소맥을 말아 '원샷'으로 마셔야 한다는 분위기. 돌아가며 건배사를 읊어야 하는, 회식을 위한 회식. 목청껏 소리를 내서 뭔가를 말하는데 아무 말도 들리지 않는 소음에 파묻힌 시간. 누군가의 술주정을 담아내야 하는 그때, 피곤이 몰려오는 것을 감출 수 없었다. 배도 부르고 만족스러웠지만 소모되었다는 생각을 버리지 못했다.

내가 지나치게 내성적이거나 폐쇄적인 사람인 걸까.

질문해보면 그런 것도 아니다. 그렇다면 왜 무리에 섞여 웃고 있다가 빠져나왔을 때, 불현듯 외로움을 느낄까.

시간이 지나 나는 회식 자리 필살기 기술 하나를 만들었다. 내 앞에 앉은 사람에게만 집중하는 섬세한 기술이었다. 넓은 우주에서 둘이 앉아 개인적인 식사를 하는 것처럼. 오붓하게 좋은 시간을 만들기로 처음부터 계획한 것처럼. 나약하면서 부족한, 완성되지 않은 나를 보여주기로 한 것처럼.

내가 무장을 해제하면, 내 앞의 사람도 본연의 얼굴을 보여주었다. 그러고 나면 주변을 보지 않아도 됐다. 그 순간은 그런 순간이 됐다. 많은 사람 사이에 묻혀있어도 서로를 보는 순간. 나를 보는, 또 그렇게 너를 보는 순간.

이젠 2차를 가자는 말을 들어도 나부터 생각하기로 했다. 나를 위해 더 좋은 것을 선택하겠다는 결심을 한다. 좋을 땐 함께할 수 있지만, 소모되었을 때는 짐을 싼다. 그리고 산통 깨듯 말한다.

"죄송합니다. 2차는 가지 않겠습니다."

나는 여전히 자발적 '아웃사이더'일 수 있다. 일생이 '인싸'인 적이 없으니 나는 나일 뿐, 이것이 '아싸'인지는 모르겠다.

저 그냥 아싸 할게요

두 손을 뻗어
너를 감싸.
그리고 안아줘.
힘껏.

예고 없이 쓸쓸한 날

너는 별일 없고 난 괜찮아

📱› 별일 없지?

부르르 핸드폰에 진동이 울렸다.

박혀 있는 문장은 짧고 간결했다. 너무 쉬운 말이었다. 매일 하는 말, 그냥 아는 말이었다.

별일 없냐는 그 말은 질문이랄 것도 없는 한 문장이었다. 그런데 왤까? 가만히 들여다보며 중얼거렸다.

답장을 어떻게 써야 잘 썼다고 말이 나올까.

무려 일 년만의 안부 문자라니. 친구만 탓할 것도 아니었다. 나도 먼저 연락하지 않았으니 막말로 도긴개긴이었다.

생각해보니 새해 복 많이 받으라는 그 흔한 문자도 보내지 않았었다. 언젠가는 가까웠던 우리였지만, 지금은 그리 가

깝지 않은 사이. 별일 없냐는 질문은 우리의 거리만큼 어색했다.

차라리 '나야'라고 말해주었다면 더 좋았을까.

너구나, 너 지금 어디야, 어떻게 지냈어, 건강은, 회사는, 질문을 퍼부었을까.

문자를 슬쩍 보고 하던 일을 멈추었다.

전혀 다른 세계에서 바쁘게 원고 마감을 하던 나를 깨우기 위해 느슨하게 풀어두었던 몸의 긴장을 잡아당겼다. 의자 뒤로 몸을 붙이고 생각했다.

나 별일 없는 거 맞나. 기억을 더듬었다. 우리가 마지막으로 만난 게 언제였더라. 그날, 마지막 대화의 주제는 뭐였더라. 생각이 잘 나지 않았다.

적었다가 지웠다가 몇 번을 반복하다가 기다리고 있을 친구를 위해 에둘러 한 마디를 썼다.

📱 응, 별일 없어.

정해진 답이기도 했다.

솔직히 우리가 연락 없이 지내던 시간에 별일이 없다는 건 거짓말이다.

일 년 사이, 나는 부쩍 예민해졌고, 피로해졌다. 그만큼 변했다는 뜻이기도 하다. 바쁘게 하던 일 하나를 그만두었고, 부모님은 번갈아 병원에 입원했었다. 가까운 지인은 결혼도 하고, 누군가는 아이도 낳고, 한 친구는 이혼했다. 그리고 또 어떤 이는 세상을 떠났다.

주변에서 터지는 사건들을 나열할 사이도 없이 나는 간결하게 한 문장을 더 썼다.

🗨️ 너는 어때.

내 마음은 이런 거였다. 친구 안녕, 나는 아직 살아 있어. 너와 이렇게 메시지를 주고받으려고 하던 일을 멈췄어. 그러니까 이 정도면 별일 없는 거 맞지. 너는 나만큼 괜찮은 게 맞니.

답장을 쓰고 나서 친구의 프로필 상태를 살펴보았다. 배경 사진도 빠르게 훑었다. SNS를 끊어내고 나니 최근 정보가

별로 없었다.

촘촘한 하루들이 모여서 꽁꽁 싸매어진 일 년이라는 시간을 어디서, 어떻게, 풀어봐야 할지 난감했다.

결국 더 긴 문장을 쓰지 못하고 핸드폰을 닫았다.

다시 원고를 쓰려고 모니터로 눈을 돌렸을 때, 부르르 다시 전화기가 울렸다.

🔊 난 그냥 산다.

친구의 답장을 보고 기지개를 켰다. 손을 쭉 뻗어 하늘을 찔렀다가 머리를 묶었다. 픽, 몸에서 긴장이 빠져나가는 소리가 들리는 것 같았다.

그냥 산다는 친구의 말을 이해 못 할 것도 없었다. 그냥 산다는 건 언제나 맞는 말이니까.

그런데 마음이 무거워졌다. 그냥 산다는 친구의 말을 들으니 괜히 미안해졌다. 잘 지내느냐는 질문에 괜찮다고 말해버린 것도 틀린 답 같았다.

잘 지내느냐는 질문은, 수없이 많은 관계에서 소비하는 말이다. 그렇게 묻고 나서 괜찮다고 대답하는 건 일종의 약속이다. 무겁지 않은 흔한 질문 하나로 안부를 묻고, 적당한 거리를 두고 괜찮다고 말한다. 다들 그렇게 살아간다.

잘 지내시죠.

별일 없으시죠.

안녕하신가요.

나에겐 익숙한 말들이다. 하루에도 몇 번이나 쓰고 있다.

그런데 가끔 별일 없냐는 질문이 본론을 향해 지나가는 가벼운 인사가 될 때도 있다는 걸 우리는 안다. 똑똑, 노크처럼.

오랜만에 친구가 내게 보내준 노크 소리를 들으며 다시 물었다.

📱◦ 전화할까?

이따가 내가 할게.

문자 한 통은 전화 한 통이 되었다.

나는 화장실 앞 복도에 서서 십여 분 근황 토크를 진행했다. 가족들 안부를 살펴 묻고, 요즘의 걱정거리를 물었다. 그리고 친구가 말하고 싶었던 진짜 고민도 알게 되었다. 함께 한숨 쉬고, 걱정하고, 대안을 만들어 보다가 결국 서울에 언제 오는지를 묻고서 전화를 끊었다.

우리는 만나기로 했다. 내가 친구의 집 근처로 가거나 친구가 서울에 오거나 서로의 일정을 조율하는 시간이 필요하겠지만, 반드시 만날 것이다.

고민 없이 언제든 편하게 만날 수 있는 날은 도대체 언제일까.

시간이 남아돌아서 서로를 찾아가는 것밖에 할 일이 없는 노인이 되어야 우리는 편안하게 만날 수 있는 걸까.

문자 메시지를 다시 보며 생각했다.

친구야, 나도 그냥 살고는 있어. 무엇을 향해 가는지 모르지만, 참 열심히 살았어.

그러고 나니 친구가 했던 첫 번째 문장이 다르게 느껴졌다.

'별일 없지', 라던 말은 '잘 지내'라는 잔소리였다.

'그냥 산다', 라던 말은 '보고 싶다'라는 그리움이었다.

그제야 친구가 전해준 막연한 쓸쓸함이 어느 밤의 꽃향기처럼 다가왔다.

그리움이 울컥 났다.

인생 뭐 있어.
그러고 사는 거지.
남들 보지 말고
나만 봐.
나만을 위해
하루 쉬어.

나를 의심하는 날

그냥 낭비하는 하루

침대에 누워 핸드폰에 찍혀 있는 카드 사용 영수증을 보면서 슬쩍 계산했다. 오늘 내가 쓴 돈이 얼마인가. 십만 원 넘었나, 아니 이십만 원, 아니 삼십만 원……?

몇천 원짜리부터 몇만 원짜리까지. 마트에서 쓴 십만 원이 넘는 영수증도 보였다. 나를 위해 썼다고 할 만한 것은 마땅히 없어 보였다. 그런데 이건 모두 내가 갚을 돈이었다.

돈이 인생의 전부는 아니야, 라고 누군가 말한다면 따귀라도 때리고 싶은 기분이었다.

물론 나도 안다. 돈이 인생의 전부는 될 수 없다는 걸.

충분조건은 아니지만 그래도 필요조건이니까.

카드 영수증을 보고 나니 몸 안에서 뭔가가 쑥 흘러 나와 어디론가 사라지는 것 같았다. 축 처지는 몸과는 달리 무거웠던 눈꺼풀이 가볍게 펄럭였다. 시야가 점점 또렷해지더니 절로 초점이 맞춰지는 것 같았다. 급기야 잠이 모두 날아가고 말았다.

내일은 새벽 4시에 일어나야 하는 날이었다. 심지어 목적지가 전라도였다. 왜 이렇게 멀리 촬영지를 정했는지, 내 손모가지를 때려주고 싶었다.

내일 실수하지 않으려면 몇 시간이라도 지금 자두어야 했다. 그런데 이미 글렀다는 걸 알아 버렸다.

그놈의 카드 영수증은 왜 봐가지고.

발밑에 있는 강아지를 가만히 봤다. 우리 집 강아지는 머리에도 눈이 달렸는지 재빨리 내 낌새를 알아차리고 고개를 들었다. 나가고 싶으시다면 같이 가드릴게요, 라는 눈빛으로 나를 보고 있었다.

어차피 잠도 오지 않을 밤이었다. 나는 강아지에게 목줄을 채우고는 집을 나섰다.

해가 지고 나니 바람이 꽤 불었다.

도시에 살면서 좋은 점은 밤이 되어도 밝다는 것이고 나와 같이 잠 못 이루는 사람도 많다는 거다.

공원으로 재빠르게 들어가니 사람들이 예상보다 많았다. 심지어 바빠 보였다. 이 밤까지도 계획적인 삶을 지켜내려고 애쓰는 듯, 바쁘게 뛰고 있었다.

문득 '건강한 육체와 건강한 마음', 뭐 이런 표어 같은 게 떠오를 만큼 이상적인 풍경이 펼쳐졌다. 귀에는 멋들어진 이어폰을 끼고, 국가대표 뺨치는 조깅화를 신고, 브랜드 러닝 의류를 입은 사람들은 하나, 둘, 리듬감 있게 뛰고 있었다. 저 뜀박질 사이에 끼어야 유행에 맞출 수 있을 것 같은 불안이 느껴질 만큼 완벽한 모습이었다.

그렇게 나를 스쳐 가는 사람들을 보면서 생각했다. 저들은 행복할까. 만족스러운 삶을 살고 있을까. 원하는 걸 이루었나. 계획한 무언가를 이루었을까.

편의점에서 커피 한 잔을 사서 차가운 의자에 앉아 생각했다.

나는 무엇을 위해서 살고 있는가. 이렇게 근본적인 질문은 곧 평범한 나의 현실 질문으로 바뀌었다.

생각 좀 해보자. 그 많은 카드값은 누구를 위한 것이었나.

"인생 뭐 있어. 그리고 사는 거지."

언젠가 친한 선배와 나눴던 말이 떠올랐다.

"집을 사서 빚을 갚으며 사느니 여행을 가겠어. 난 내가 번 돈 내가 다 쓰고 죽을 거야."

천정부지로 올라가는 집값을 걱정하던 그날의 대화는 예상외로 대범한 방향으로 흘러갔다.

선배의 단호한 지출 가치관을 들으면서 중얼거렸다. 그것도 괜찮네. 선배 대단하다. 멋있다.

하지만, '나도 그렇게 해보고 싶어!'라는 말은 나오지 않았다. 이미 나는 유행 따라가듯 은행의 도움을 받아 집을 샀고

꼬박꼬박 이자와 원금을 갚는 성실한 채무자였으니 말이다.

선배는 또 그렇게 말했다.

"난 매일 새벽에 나가서 일하고 밤에만 돌아와. 그런데 좋은 집이 왜 필요해. 채워 넣은 냉장고 음식은 또 언제 먹을 수 있을지도 모르겠어. 그런데 왜 쌓아놓고 살아. 난 여행자처럼 살 거야."

누군가의 선물을 사느라 쇼핑하는 사람이 나였다. 불확실한 미래를 위해 물건을 사두던 것도 나였다. 불안 때문에 지출하면서도 카드 영수증을 보며 다시 불안해지던 것도 나였다.

그날, 돈에 대한 나의 원칙들이 궁금해졌다.

돈은 나를 무기력하게 만드는 힘 있는 방해꾼이다. 평화가 깨지고, 흐름이 끊긴다. 자유를 잃어버린 것처럼 소심해진다.

정말 그렇다. 통장이나 카드 사용 명세서를 보고 기분이 좋았던 적은 별로 없다.

통장 잔액은 나를 의심하게 만든다. 내가 잘 살고 있는지,

계획이 잘못되지는 않았는지, 그래서 나는 안전한지.

산책을 마치고 집에 들어오니 깔끔한 우리 집 인테리어에 피식 웃음이 나왔다. 친구들이 칭찬하던, 그럴듯하게 정돈된 집을 보면서 생각했다.

이런 인테리어를 저렴한 가격에 해치웠다고 나를 칭찬하며 사는 게 맞는 걸까.

아니다. 다 때려치우고, 집 팔아 하와이에나 가서 한 달 살기나 할까. 인생 뭐 있어. 아끼지 말고 펑펑 써버릴까.

그러다 다시 질문이 떠올랐다.

그런다고 해서 내가 돈의 노예가 되지 않을 수 있을까.

🌙 ☁ ☀

돈을 처음 벌기 시작한 건 대학교 시절부터다.

등록금 받는 것만도 감사했던 그때, 나는 자연스럽게 돈 벌기에 관심을 가졌다. 과외는 기본이고 학원 시간 강사도

했다. 출판사에서 어설픈 글쓰기 작업도 하고 카페에서 커피를, 햄버거 매장에서 햄버거를, 축구장 매표소에서 입장권도 팔았다. 그렇게 시작된 돈과의 씨름은 끝도 없이 이어졌다. 물론 지금도 끝나지 않았고, 앞으로도 영원히 이어질 고민거리다.

프리랜서지만 방송 작가가 되어서 꿈을 이뤘어요, 라는 말은 참 낭만적이다. 도대체 어떤 일을 어떻게 하고 있는지, 고된 하루를 다 설명하기가 어려워서 더 그렇다.

그렇다고 나의 일을 밥벌이라고만 생각하면 서글프다. 인생은 누구에게나 고되고, 미래는 누구에게나 불확실하니까. 우리 모두, 애쓰는 하루를 살아내는 길에 서 있으니까.

전라도 촬영을 끝내고 서울로 돌아오는 길에 PD에게 말했다.

"PD님, 내일 회의는 전화로 해요. 줌으로 하든가."

"무슨 일 있으세요?"

"아니요. 그냥 좀 쉬려고요."

PD는 아무렇지도 않게 대답했다.

"그러세요."

그리 어려운 일도 아닌데 왜 나는 그렇게 살았을까. 너무 열심히, 너무 애쓰지 않아도 할 수 있는데. 하루쯤 나를 위해 그냥 낭비해도 괜찮은데.

다시 가족들이 있는 대화방에 글을 남겼다.

📱» 주말에 바다 가고 싶어.

쓰고 나서 잠깐 생각했다.

가족들이 다 바쁘다고 하면 어떡하지?

그리고 다시 썼다.

📱» 같이 가실 분? 나 돈 펑펑 쓰고 올 거야. 비싼 거 먹고
   올 거야.

대답이 없어도 괜찮았다. 함께 하지 않아도 된다. 낭비하는 하루는 혼자여도 충분하니까.

가끔은 나를 위해 낭비할 거야

아무것도 하지 마.
아무 계획도
만들지 마.
아무도
떠올리지 마.
그냥 빈둥거려 봐.

무기력해지는 날

힘내지 마, 아무것도 하지 마

몸이 으스스했다.

이마에 손을 대보니 미열이 느껴졌다.

앓아누울 정도는 아니지만, 그냥 다시 자고 싶었다.

핸드폰을 열고 오늘 일정을 봤다. 미룰 수 있는 일과 미루면 안 되는 일을 나눠보았다.

근데 그게 참 이상했다. 미루면 안 될 것 같은 일이었지만, 또 미루자고 한다면 미룰 수 있는 일들이 많았다.

어제는 절대 불가능했을 것 같은 일도 오늘은 가능할 것 같은 느낌. 그 차이는 어디에서 왔을까.

일정표에 쓰인 기록 중에 마음에 걸리는 건 전체 회의 하나였다. 오전 일은 모두 미뤄버리고 다시 눈을 감았다. 이렇게 편안하게 있어도 될까, 나를 의심하면서 잠들었다.

한두 시간을 더 자고 일어나 강아지 밥을 주고 소파에 앉았다. 그리고 말했다. 정신 차려, 그래도 회의에는 가야지.

이렇게 몸이 무기력해지는 날에는 살짝 눈을 감고 몸 상태를 부위별로 점검한다. 내 장기들이 제대로 작동하고 있는지, 전날의 스트레스는 어디쯤 가 있는지를 찾아본다. 사소한 말 한마디에 움찔거리는 심장과 스트레스를 관리하는 간이 있는 부위를 손바닥으로 천천히 문질렀다.

아프지 말자, 다른 사람 때문에 내가 아플 필요는 없어, 라고 다독이면서.

타이레놀을 하나 삼키고 천천히 몸을 씻고 젖은 머리를 말리는데 단어 하나가 떠올랐다.

천근만근.

맞아, 그래. 이럴 때 쓰는 말이지.

고기 한 근은 600g이고 채소 한 근은 400g이었나. 그럼 내 몸은 고기 기준으로 달아야 하나.

쓸데없는 생각을 하며 몸을 닦았다. 천 근 같고 만 근 같
은 몸뚱어리를 뜨거운 물에 씻어 내리며 주문을 외웠다.

가벼워져라, 내 몸아. 제발.

이렇게 몸이 무거운 날은 뭘 입어도 이상해 보인다는 걸
안다. 청바지에 검정 티셔츠를 입고 펄렁펄렁 회사로 갔다.
쓸데없는 잡담이 가득한 회의실에 들어가 푸욱, 한숨을 쉬
었다.

그때 누군가 말을 걸었다.

"어디 아파?"

감추려고 한 적은 없지만 눈이 동그래졌다.

"그래 보여?"

"응. 그래 보여."

아파 보인다는 말을 들으니 꽁꽁 싸매어둔 포장이 벗겨지
는 것 같았다.

속에 감추고 싶던 마음이 삐져나왔다.

억지로 구겨 넣었던 천근만근의 몸이 철퍼덕 바닥으로 흘러 내리는 것처럼.

🌙 ☁ ☀

몸살이었다.

아파 보인다는 인증을 받고 나니 온몸이 두들겨 맞은 것처럼 아팠다. 등이 뻐근하고, 종아리도 찌릿찌릿했다. 가슴이 답답하게 나를 조여와서 숨을 크게 들이쉬어야 했다. 손바닥과 발바닥이 뜨거워지면서 눈도 침침해졌다. 인정하고 싶지 않던 몸살 증상에 날개라도 달아 준 것 같았다.

허둥지둥 집에 들어와 침대에 누워 문자를 보냈다.

📱 오늘 몸살이 심해서 못 할 것 같아요.

이런 문자를 하나 쓰기 위해서 오만가지 용기를 끌어모아야 한다니. 절로 웃음이 났다.

우리는 그렇게 모두 최선을 다해 일터를 지킨다.

그렇게 채워진 하루가 자부심이 되어 왔다.

📱 그러세요. 몸 잘 챙기시고. 어서 나으세요.

감사합니다.

미팅과 회의를 하나씩 미루고 나니 마음이 편안해졌다.

그제야 두 다리를 쭈욱, 힘주어 뻗었다.

플레이리스트를 열어 음악으로 공기를 채운 뒤에 다시 생각했다.

내가 아프다는 것을 남들에게 인정받지 못했다면, 나는 여전히 일하고 있었을까.

통증을 견디면서 아무렇지도 않은 척 그 자리에 있었을까.

그렇다면 나는 왜, 아픈 것을 내가 아닌 다른 사람에게 승인받아야 했을까.

회사 동료들에게 나 몸살이에요, 라는 말은 약점이 되는 걸까. 누군가에게 약한 모습을 보이고 싶지 않다는 것은 생존 본능인 걸까.

약에 취해 깊은 잠을 자고 일어나 거울을 보았다. 긴장이 풀어져서인지, 증상이 심해져서인지, 눈은 퉁퉁 부어 있고 눈곱도 가득했다.

지친 몸을 달래줄 허브차 한 잔을 우려내 마시다가 언니에게 문자를 보냈다.

📱 언니 나 아파.

어디? 많이 아파?

그냥. 몸살인 거 같은데 좀 아파.

아픈 것도 남에게 인정받아야 마음이 풀리는 소심함이라니. 잠시 후 언니에게 문자가 왔다.

📱 약 먹고 쉬어. 힘내라.

싫은데.

뭐가 싫어. 약 먹기 싫다고? 약을 먹어야 낫지.

그게 아니라.

그럼 뭐.

약은 먹는데 힘내기 싫어.

힘내라는 말은 좋은 말이다. 그런데 참 이상했다. 힘을 내고 싶지 않았다.

약을 입에 털어 넣고 강아지를 껴안으며 소파에 누웠다.

다시 내 장기들을 점검하면서 내 몸의 통증은 어디에서 얼마큼 남았는지 살펴보았다. 뜨거웠던 손바닥의 열기는 조금 식었고 두근거리던 심장의 무거움도 조금 가벼워졌다. 쑤시던 어깨는 편안해졌다. 등줄기를 타고 내리던 긴장감은 많이 사라진 상태였다. 무엇보다 회사 일을 미뤄둔다는 죄책감으로 답답했던 가슴도 뚫린 듯 편안해져 있었다.

아주 조금씩 회복되고 있었다. '가벼워져라, 제발.'이라고 중얼거리던 내 주문이 통한 것 같았다.

하지만 기분은 좋지 않았다.

뭘 이렇게까지, 누굴 위해 열심히 회복되려고 하는 걸까.

애처로웠다.

겨우 몇 시간을 누웠으면서도 시계를 보고 있는 나라니.
시간마다 달라지는 몸의 통증을 자로 잰 듯 검열하는 나라니.
도대체 내가 무슨 일을 하는 사람이길래.
나라를 구하는 독립운동가도 아닌 평범한 내가.

내 품을 벗어나 침대 아래로 뛰어가는 강아지를 보며 크게
한숨을 내쉬었다.
그리고 보란 듯이 나에게 말했다.
일어나지 마. 강아지를 쫓아가지 마.
아무것도 하지 마.
힘내지 마.
그냥 좀 있어, 제발.

힘 내지 마

좋은 사람이
되고 싶어서
미안하다고 말했어.
그런데
미안하다고 말하니
나보고 다
책임지래.
그래서 난 가끔
나쁜 사람이
되고 싶어져.

이유 없이 화가 나는 날

나도 모르게 눈물이 흘러

언젠가의 내 꿈은 좋은 사람이 되는 거였다.

사랑을 베풀고 나누어 주는 사람, 어려운 사람을 위해 봉사하는 사람이 되고 싶었다.

그러다 조금 나이를 먹었을 때 누군가의 놀림을 받았다.

쟤는 왜 저렇게 착한 척해.

쟤는 왜 저렇게 미안하다는 말을 많이 해.

저건 착한 여자 콤플렉스야.

서른이 넘어 사춘기가 찾아왔다.

나는 과거의 내가 아니었다.

사랑을 베풀고 나누어 주는 사람이 되고 싶다는 마음은 어딘가 남아 있겠지만, 나는 베풀기 전에 내 것을 지키고 싶은 사람이 되었다.

봉사하는 사람이 되고 싶었지만, 봉사하는 만큼 대접받고 싶은 사람이 되었다.

아니, 그런 사람이라는 걸 알게 되었다.

그걸 알게 되고 나니 생각보다 슬펐다.

내가 어떤 사람이었는지 인정하고 나니 이상한 분노까지 생겼다.

이유 없이 화가 나고 슬픈 날이 생겨버렸다.

이것이 진짜 내가 맞나, 고개를 저으면서 생각했다.

이젠 나를 인정해야 하는 걸까.

🌙 ☁ ☀

토크 프로그램을 할 때였다. 자막 하나가 제대로 틀렸다.

'어의없는 이야기'

뜨악. 어디 쥐구멍이라도 찾아들고 싶은 실수였다. '어의'

가 없다니. 임금님 살피던 의원이라도 났났나.

'어이없다'가 '어의없다'로 둔갑한 문장이었다.

누군가에겐 아주 작은 실수겠지만 표준말을 목숨처럼 지켜야 하는 우리에겐 용납하기 힘든 일이었다.

황급히 책임 PD에게 전화를 걸었다.

"죄송합니다. 부장님."

"이 자막 쓴 막내 작가 아웃시키세요."

"네?"

"이런 기본적인 맞춤법도 틀리면 어떡합니까."

"죄송합니다. 제가 못 챙겼어요."

"……."

나는 그의 침묵을 가만히 기다렸다. 잠시 후 그는 이렇게 말했다.

"다음에 한 번 더 이런 실수를 하면, 아웃시키세요."

"네. 죄송합니다."

누군가의 분노가 아무 필터 없이 고스란히 내 전화기를 뚫고 나왔다.

심장이 쿵쾅거렸다.

어쩔 수 없었다. 단톡방에 오타로 송출된 방송의 캡처 사진을 올렸다.

얼마 지나지 않아 '죄송합니다'라는 문자가 띵띵 올라왔다. 자료 조사를 하던 막내가 제일 먼저 올렸다. 코너를 맡은 서브 작가도 울상을 지으며 문자를 보냈다. 코너를 맡은 PD도 자기 책임이 크다고 모두에게 미안하다고 말했다.

나도 썼다.

📱 내가 챙겼어야 하는데, 나도 미안해요.

그러자 기다렸다는 듯이 팀장이 내게 답장을 보냈다.

📱 그러게, 좀 더 잘 챙기지 그랬어.

심장에 구멍이 생기는 것 같았다.

피곤한 하루를 이런 말로 마무리 지을 수는 없었다.

퇴근길에 영혼을 끌어올려 나에게 위로를 건넸다.

고생했어. 실수할 수 있어. 그럴 수 있어. 모든 게 내 책임이라고 생각할 수도 있어.

하지만 이런 말도 도움이 되지 않을 때가 있다.

작은 생채기는 마음에 남아 예상 못한 엉뚱한 방향으로 문제를 일으키기도 했다.

차곡차곡 쌓인 분노는 아무 대상을 향해 예고 없이 분출되기도 했다.

그런 날은 '깜빡이'를 켜지 않고 진로를 방해한 운전자를 향해 소리를 지르기도 했다.

물건을 찾고 있는 남편을 향해 소리를 지르기도 했다.

당신은 왜 못 찾아. 자기 물건은 자기가 잘 챙겼어야지. 그런 것도 다 내가 해줘야 해.

억양이 높아지고 목소리가 커지는 약간의 흥분상태가 지나고 나면 갑자기 눈물이 나기도 했다.

그럴 때면 혼자 중얼거렸다.

왜 나한테 그래. 나 힘들어.

그리고 내 안에 살고 있는 괴물에게 묻기도 했다.

왜 자꾸 그래. 나타나지 마.

전문가들은 이 모든 것이 스트레스 때문이라고 한다.

좋지 않은 기억들이 만든 감정이라고도 한다.

전문가들이 권하는 좋은 방법들을 내 몸에 적용해봤지만 별 소득은 없었다. 그렇게 분노를 없앨 방법을 찾아보다가 한 가지 결론을 내렸다.

일단, 그냥 솔직하게 말해보자. 그게 쪽팔린 말이라도.

'나 너의 말이 불편해.'

'나 이거 하기 싫어.'

'나 너무 많이 힘들어.'

그래서 화가 나는 날은 나를 위해서라도, 기어코 화를 내기로 했다.

오늘 화 좀 낼게요

Part 2

슬픈 날

원래 그런 사람 아니었잖아.

이런 말을 듣게 되면 묻고 싶다.
그럼 나는 어떤 사람인가요?

우리는 모두 매일
같은 사람일 수 없어.

나의 사랑만은
영원할 거라는
약속
지키지 못해서
미안해.

너에게 화를 내서
또 미안해.

사랑하기 힘든 날

내가 어떤 사람인지 나도 몰라

"왜 말을 그렇게 해. 왜 자꾸 짜증이야?"

이유를 알면 좋겠지만 생각이 나지 않았다.

왜 말이 이렇게밖에 나오지 않는지, 왜 짜증이 나는 건지 짧게라도 설명할 수 있으면 좋았겠지만.

이상하게 그런 말은 잘 생각나지 않았다.

며칠째 내 기분은 나락으로 떨어진 것처럼 가라앉아 있었다.

우리 팀 기획에는 허점이 많다는 걸 알고 있었는데 그렇다고 회의를 멈출 수는 없었다. 지적하고 비판하는 일에도 한계를 느꼈다. 대화는 지루하고 아이디어는 난해했다.

진부한 말들이 오가는 동안 하나둘 피곤한 표정을 감추지 않았다.

그렇게 우리가 모두 함께 지쳐가는데, 누군가는 나를 보고 빨리 대답하라는 듯 턱을 흔들었다.

아니, 왜요? 내가 무슨 만능 기기도 아니고, 모든 정답을 아는 척척박사도 아닌데. 왜 가는 곳마다 나에게 솔루션을 요구하는 건가요.

후배들은 나를 붙잡고 말했다.

작가님이 좀 말려주세요. 저희 죽을 것 같아요.

PD들은 하소연했다.

작가들이 아이디어가 너무 없어요. 신경 좀 써주세요.

길고 지루한 회의가 끝날 때 국장은 모두에게 말했다.

모두 열 개씩 아이디어 정리해서 내일까지 냅시다.

그런데 그걸로 부족한지 나를 따로 불렀다.

"작가들이 뭐 알바 하느라 바쁜가. 왜 이렇게 열심히 안 하지?"

다른 사람에게 책임을 넘기는 말이었다.

기획 회의가 잘 되지 않은 것을 작가 탓으로 돌리는 태도였다.

사람들은 이렇게 서로를 탓하고 남을 깎아내리는 것으로 자신을 보호한다.

그런다고 자신을 지킬 수 있는지는 잘 모르겠지만.

"저는 재능이 없는 것 같아요. 그만둘까 봐요."

어떤 후배는 눈물을 글썽이며 포기 선언까지 했다. 남 탓을 할 수 없어 자신을 담보로 도망칠 준비를 하고 있었다.

나는 한걸음 물러서서 덩어리진 사람들을 봤다.

작가들은 삼삼오오 모여 PD 뒷담화를 시작했고, PD들은 담배를 핑계로 어딘가에 숨어 투덜거릴 준비를 하고 있었다.

어수선한 복도에서 나가지도 들어가지도 못하고 서 있을 때 가족 대화방의 알림이 울렸다.

📱 어떻게 할까.

이 질문이 무거워서 머릿속이 하얬다.

가족 모임에서 어떤 메뉴를 먹어야 할지 의견을 내라는 거였다. 언젠가 그랬던 것처럼 메뉴를 정하고, 장소를 예약하고, 다른 가족들에게 개별 통지를 해주는 일련의 과정을 나에게 요구하는 것이었다.

지친 마음에 짧게 썼다.

📱 내가 지금 너무 정신이 없어서 나중에 얘기해.

나중이 언제인데. 그렇게 바빠?

이런 말은 위험하다. 위태롭게 늘어진 고무줄이 끊어질 것 같다.

나는 한 문장을 더 썼다.

📱 그냥 알아서 정하면 안 돼?

탕!

방아쇠를 당겼다.

🌙 ☁ ☀

왜 화가 나는지 정확하게 분석하는 앱이라도 있었으면 좋겠다. 복잡한 인간의 심리를 분석해서 원인을 찾아내는 AI

기술이 있다면 조금 더 명료하게 나의 상태를 점검할 수 있을 것이다.

그런 게 있다면 나는 뇌 속을 점검해달라고 하겠다. 외부 자극에 어떻게 반응하는지 정확한 데이터를 받아 해결 방법을 찾으면 되니까.

그럼 당당하게 이야기할 수 있을 것이다.

'지금 내가 이런 상태라네. 해결 방법은 이런 거래. 가만히 있는 거. 그러니 도와줘.'

'알았지? 이럴 때 내가 힘들어. 이런 말을 들으면 내가 부정적인 사람으로 느껴져. 그러니까 이런 말은 안 했으면 좋겠어.'

AI 분석을 통한 정확한 심리 진단과 원인 분석 가이드. 해결 방안 솔루션 제공. 그런 게 발명된다면 모든 관계가 지금보다는 말끔해질 거란 생각이 든다.

하지만 얽히고설켜 정답을 찾을 수 없는 뇌와 가슴은 고장 난 것처럼 돌발 행동을 하고 만다.

그중 하나가 사랑하는 사람들에게 화를 내는 일이다.

"그건 안 먹어요. 내가 알아서 먹을게요."

오랜만에 마주한 밥상에서 나는 엄마에게 세상 버릇없는 말투로 투덜거렸다.

밥 위에 반찬을 올려주며 내 눈치를 보는 엄마에게 왜 이유 없이 화를 내는 건지 모르겠다.

＊

가족들에겐 조건 없는 사랑을 주고 싶다고 매일 생각한다.

그런데도 외부 자극으로 신경이 너덜너덜 짓밟히고 나면, 괜한 짜증으로 그들을 공격한다. 그런 나를 보는 건 여간 부끄러운 게 아니다.

영원히 변하지 않는 사랑을 하겠다는 나의 기도가 너무 나약해서 눈물이 난다.

당신은 어떤 사람인가요? 이런 질문에 어느 날엔 이렇게 대답했을 것이다.

"저는 긍정적인 사람이에요. 사랑하며 살기를 꿈꾸는 사람이요."

하지만 오늘은 이렇게 대답할지도 모른다.

"모르겠어요, 제가 어떤 사람인지. 혹시 저를 아세요?"

어느 날 하루는 그래도 괜찮다고,

누군가 말해준다면 좋겠다.

한숨이 긴 숨이
되고
긴 숨이 가빠질
때까지
밀어붙이지 마.

그리고 그 속에
있는 나를
미워하지 마.

나조차 미운 날

잠 못 드는 밤에 너를 생각해

"이상하게 작가들이 자꾸 그만두네."

지금은 함께 일하지 않는, 한 방송사 PD가 의아하다며 전화가 왔다. 작가들이 자꾸 그만둔다며 소개해달라는 거였다. 그런데 그의 목소리가 불편했다.

똑같은 프로그램에 작가를 구해달라는 부탁이 벌써 몇 번째인가. 몇 주 전 이미 나는 작가를 소개해주었고, 그들은 함께 일하기로 했다며 번갈아 문자를 보내기도 했었다.

그런데 며칠 전, 작가가 꺼내놓은 푸념은 나를 자극했다.

"그 프로그램 시스템이 좀 이상해. 나랑 안 맞는 거 같아. 그런데 PD는 이해를 못 해. 그냥 다른 일로 못할 것 같다고 했어. 미안해."

하기로 했던 작가는 내게 미안하다며 그만뒀지만, 그 이유를 PD에게 전하지는 않았다. 괜히 서로가 불편할 것 같아서였다. 중간에서 내가 나설 필요도 없었다.

그런데 PD는 아무 일도 없었던 것처럼 말했다. 작가를 구해달라고.

또?

신음처럼 질문이 나왔다. 그리고 예정에 없던 잔소리까지 덧붙이고 말았다.

"내가 이런 얘기 안 하려고 했는데, 그렇게 작가가 계속 그만두는 데에는 이유가 있어."

"아니야, 그런 거."

"아니, 작가가 하는 말을 왜 이해를 못 해."

"이해를 못 하는 게 아니라, 그렇지 않다니까."

이쯤에서 잘난 척은 그만뒀어야 했다. 하지만 나는 어쩔 수 없이 작가 편을 들었다. 잘난 척을 더 해버렸다.

"PD가 모르는 게 난 답답하다. 작가가 계속 그만두면 문제가 있는 건데, 찾아볼 생각을 해야지. 그냥 아니라고만 하면 어떡해. 이해를 못 하는 게 아니라 안 하는 것 같다고."

나도 모르게 짜증이 섞여 나왔다.

전화를 끊고 생각했다. 별말이 아니라고 하기엔 내 말투는 충분히 불쾌했을 것이다. 네가 잘못했어, 라는 식의 어투를 좋아할 사람이 누가 있을까.

그런데 참 이상했다. 다른 사람에게 부정적인 말을 꺼내고 나면 그 감정은 다시 나에게로 왔다.

그랬다. 감정이 내 쪽으로 무너지는 게 느껴졌다.

🌙 ☁ ☀

아이템 리스트를 내미는 후배 앞에서도 굳어버린 표정이 나아지지 않았다.

후배는 힘들게, 또 열심히 찾았을 것이다. 하지만 어쩔 수 없이, 하나 같이 마음에 들지 않는다는 말을 전해야 했다.

처음부터 다시 해야 한다고도 말해야 했다. 당황한 얼굴을 감추지 못하고 볼이 빨개진 후배에게 빨리 더 찾으라고 했을 때쯤 온몸이 뻐근했다.

누군가에게 NO! 라고 외치면 내 감정도 무너진다. 그게 일이어도 그렇다.

내가 들어도 불편할 것 같은 말을 하고 나면 나 역시 불편해진다. 그러니 대화 속에서 나의 중심은 그렇게 자주 흔들릴 수밖에 없다.

그렇게 감정이 요동친다는 걸 직감할 때면 중심을 붙잡고 싶어 수시로 내 감정을 점검했다. 화장실에 가서 손을 씻으며 우락부락해진 표정을 풀어보려 애를 썼다. 좀 웃어라, 대충 살자, 날 꼬시기도 했다. 그렇다고 크게 달라질 것도 없지만.

능력 있는 사람이 되어야겠는데, 또 좋은 사람도 되고 싶다는 욕심은 아이러니다. 일 속에서 논쟁을 벌이는 일은 고역이다. 말로 누군가의 마음을 다치게 하면 내 마음도 깎이고 말았다.

아이, 짜증 나. 결국 이렇게 중얼거리며 생각했다.

뭐야, 다른 사람 눈에 내가 어떻게 비칠까, 어떤 사람으로 보일까, 전전긍긍하는 꼴이잖아.

바람이라도 쐬고 싶어 사무실을 빠져나와 길 건너 카페에 앉아 커피 한 잔을 시켰다. 날카롭게 뻗어 있던 감정의 더듬이를 진정시키면서 창밖을 봤다. 몇 미터 앞 사무실 창문에 누군가가 움직이는 게 선명했다. 저 긴장 속으로, 다시 들어가기 싫었다.

친구에게 문자를 보냈다.

📱》 짜증 나

왜?

몰라. 그래서 더 짜증 나

왜?

넌 왜 자꾸 왜만 해. 나도 모른다고.

위로를 구걸하기 위해 문자를 보내며 투덜거렸다.

내가 왜 긴장된 감정을 감추지 못하고 응석을 부리는지 모르겠다. 하지만 분명한 건 이런 나의 모습을 내가 사랑하지 않는다는 거다.

　그렇다. 어쩔 수 없이 나를 미워하고 만다.

　내가 꼴 보기 싫게 미운 날이면 결국 불면의 밤을 맞이하게 된다. 왜 그랬을까, 하는 푸념 같은 걸 하다 침대에서 고문당할 바에는 그런 날, 차라리 영화 한 편을 틀어놓고 게임을 하는 게 낫다.

　그런데 영화도 재미없고, 게임도 지겹고, 책도 눈에 들어오지 않는 밤이 시작되면 결국 멍하니 시간여행을 간다.

　언젠가 무조건 나의 편을 들어주었던 친구를 떠올리고, 웃으며 친구를 칭찬하던 나를 떠올린다. 아무것도 아닌 일에 서로에게 손뼉을 쳐주며 깔깔 웃던 날을 떠올린다.

'멋있고, 예쁘고, 자랑스럽다. 내 친구, 너의 멋진 미래를 언제나 축복해.'

서로에게 소리치던 날을 기억한다.

언젠가부터 오직 성과로만 평가받고, 상대를 이겨야 하는 조직 안에서 내가 누구인지조차 잊어버리는 어떤 하루가 되면, 그런 날이면 그 시절 아름다운 사람들을 떠올리게 된다.

내가 미운 밤이면 사랑했던 사람들이 더 그리워진다.

오늘 밤도 그렇다.

'나 지금 어때?'하고 물어보고 싶다.

'너는 여전히 멋있고, 예쁘고, 자랑스러워.'라는 말을 오늘 밤에도 듣고 싶다.

이럴 땐 더 생각나

악몽은 예고 없이
찾아와 나를 괴롭히지.
정말 무서운 악몽이라
면 내 얼굴을 때려서라
도 깨어나고 싶어.
그런데 깨어날 수 없는
현실이라면 차라리
다시 자고 싶어.
실컷 자고 나면
악몽에서 벗어날지도
모르잖아.

악몽이 시작되는 날

무조건 해피엔딩이어야 해

불행은 예고 없이 왔다.

원고를 쓰고 있던 어느 날이었다. 정말 어느 날. 어느 순간. 어느 지점.

갑자기 앞이 보이지 않았다.

거미줄이 잔뜩 내려온 것처럼 컴컴한 느낌이었다. 절반 정도 시야가 뭔가에 가려진 것 같았다.

너무 나를 혹사해서 그래.

생각하고 소파에 누웠다. 잠깐 아무것도 하지 않고 쉬면 될 것 같았다.

잠깐 불안했지만, 크게 두려워하지 않았다. 쿠션을 껴안고 가만히 잠이 들었다.

시간이 얼마나 지났을까. 서너 시간 잠을 자고 일어나 앞을 보았는데 마음이 철렁 내려앉았다.

아까보다 더 앞이 보이지 않았다.

서둘러 응급실로 갔다. 할 수 있는 건 아무것도 없었다.

내 눈을 어둡게 만들어버린 원인이 눈에 있는 것인지, 뇌에 있는 것인지 의사들이 찾는 사이에 나는 공포를 느꼈다.

이렇게 내 눈이 어둠에 갇히면 어떡하지.

잠시 후 의사들은 말했다.

"일종의 뇌졸중이네요. 어떤 이유 때문인지 시신경으로 가는 얇은 핏줄이 막혀서 터졌어요."

그럼 이제 어떻게 되는 건가요, 조심스럽게 물었다.

의사들의 대답은 간결했다.

"글쎄요. 이미 손상된 신경은 돌아오지 않아요. 앞이 다시 보일지는 모르겠어요."

뇌 질환 환자들이 머무는 병실은 특별한 관리를 받고 있었다.

코로나로 많은 보호자가 병실 밖으로 쫓겨나고 있었지만, 나의 병실에는 꼭 가족이 있어야 한다고 했다. 의사들은 이미 저질러진 일은 어쩔 수 없지만 또 그런 일이 발생할 수도 있으니 지켜봐야 한다고, 그러기 위해선 보호자가 필요하다고 했다.

다른 환자처럼 누워있어야 하는 것도 아니고 먹는 것을 제한하지도 않았다.

정해진 시간에 혈압을 재고 가끔 피검사를 하는 것 외에는 치료할 것이 없는 환자였지만, 보호자의 간호가 필요하다는 거였다.

가족들은 나 때문에 피곤한 시간을 어쩔 수 없이 감내했다.

우리는 인체가 던져놓은 절망 속에서 어떤 일이 펼쳐질지 모르는 미래를 두려워하며 지내야 했다.

그렇게 며칠간 의료진과 가족이 함께 내 몸을 관찰만 하다 퇴원을 했고 다시 일주일이 지나 담당 의사를 만나러 갔다.

내 담당이었던 신경과 전문의는 방송에 나올 만큼 유명한 사람이었는데, 분야가 그래서인지 언제나 피곤해 보였다.

그날도 마찬가지였다.

문을 열고 들어가 앉으니 누가 들어왔는지 어쨌는지도 모르고 한숨을 쉬었다.

"아, 괜찮으세요?"

이건 내가 묻는 말이었다. 나는 나도 모르게 상냥한 목소리로 그의 한숨을 걱정했다.

모니터만 뚫어져라 보고 있던 의사는 멋쩍게 웃으며 대답했다.

"환자분 때문에 한숨 쉰 게 아니에요."

의사의 표정이 안쓰럽게 느껴졌다.

그는 정신을 차리려는 듯 자세를 고쳐 앉아 나의 기록들을 살피며 물었다.

"좀 어떠세요?"

"네. 괜찮아요."

"보이는 건 어때요? 달라진 건 없어요?"

"아니요. 똑같아요. 안 보여요."

"아, 그런데 왜 괜찮다고 하세요?"

"어쩔 수 없잖아요. 이미 손상된 건 되돌릴 수 없으니까요."

내 대답을 듣던 의사는 아까와는 전혀 다른 표정을 지었다. 심지어 활짝 웃으며 목소리를 높였다.

"맞아요. 필요한 건 그런 자세예요. 마음을 편하게 먹어야 해요. 어떤 환자들은 이미 손상된 신경을 나한테 고쳐 달라고 하는데, 그건 내가 못 고칩니다. 이제부턴 재활을 시작해야 하는데, 언제 낫냐고 자꾸 물어보잖아요."

하소연이었다.

아무리 의학 정보를 설명해도 많은 환자가 받아들이지 않았다는 거였다.

그런 그에게 나는 마음에 쏙 드는 착한 환자였던 거다.

의사는 이제 다시 올 필요는 없다며 짧게 인사를 하면서 한 마디를 덧붙였다.

"인체의 신비라는 게 있어요. 터져서 사라진 핏줄은 없지만, 인체는 자꾸 움직여서 얇은 핏줄을 만들거든요. 실핏줄이라고 하죠. 그런 것들이 연결되어서 피를 공급하다 보면 조금 좋아질 수도 있어요."

"아. 그렇군요. 왜 이제야……."

"아까 말씀드린 것처럼 이런 이야기를 미리 할 수 없어요. 돌아오지 않는 분들도 있으니까요. 그럼 또 계속해서 물어보시니까요."

내가 의지할 것은 인체의 신비뿐이었다.

무한한 가능성을 가진 인체의 비밀뿐이었다.

고개를 끄덕이며 밖으로 나왔다.

🌙 ☁ ☀

앞이 잘 보이지 않게 되자 많은 것을 그만두었다.

먼저 방송 일을 멈추었다. 사정을 다 말할 수는 없어서 한 달 휴직을 부탁했다.

또 운전도 할 수 없었다. 앞을 볼 수 없으니 가려진 눈으로는 무리였다.

집안일을 하는 것도 힘들었다. 밥을 하고 청소를 하는 일상적인 일도 그만두고 누워서 밀린 잠만 잤다.

인체의 신비나 기적 같은 막연한 기대감만 마음에 품고 아무 일도 하지 않는 시간을 버티며 지냈다.

그리고 가족들의 돌봄을 느끼며 함께 여행을 즐겼다.

운전 대신 기차를 타고, 비행기를 타고. 여행을 가서는 자연을 보았다.

푸른 하늘을 남기지 않고 제대로 다 볼 수 있으면 좋겠어.

저 넓은 바다를 가리지 않고 다 볼 수 있으면 좋겠어.

별을 보고 싶어.

완전하게 보고 싶어.

그렇게 중얼거리며 지루한 하루를 살았다. 조금씩 움직이고 게으르게 살면서도 이상하게 죄책감 같은 건 없었다.

아프다는 건 때론 이런 위안을 준다.

그런 시간이 지나고 회사에 부탁했던 한 달이 지났을 때, 나는 생각보다 많이 볼 수 있었다.

시야는 점점 넓어졌고, 커튼처럼 드리워진 눈앞의 어둠은 조금씩 사라졌다.

동료들은 아무 일도 없었던 것처럼 나를 만났다.

어디 아팠어요?

이런 질문에 나는 웃으며 답했다.

그냥 좀 쉬었어요.

그리고 마음으로 생각했다.

인체의 신비와 기적을 경험하는 놀라운 휴식을 가졌어요.

인체의 신비와 기적을 보여주세요

지금의 내가
사람들이 기대하는
나인지
내가 기대하던
나인지
모르겠다면
아무 기대도
하지 마.
모든 사람에게 다
잘할 수는 없어.

혼자 남았다고 생각되는 날

피할 수만 있다면 피하고 싶어

학교 폭력 피해자들을 취재할 때 일이다.

초등학교 때부터 시작해 중학교, 심지어 고등학교까지. 왕
따를 경험한 어른들을 만났다.

지나온 과거를 가슴에 묻었다고 말했지만, 인터뷰를 시작
하고 나니 모두 눈물을 흘렸다.

눈물 가득한 슬픈 표정을 감추지 않으며 그들은 이렇게 말
했다.

"왜 왕따를 당했냐고요? 저도 왜 그랬는지 모르겠어요. 이
유가 있다면 그냥. 내가 싫었겠죠. 그냥. 눈 밖에 난 거겠죠."

가해자들이 피해자를 괴롭히는 방법은 참으로 유치했다.

가만히 있는데 반응이 궁금해 건드리는 사람들이었다. 그

러니 때리는 건 기본이었다. 자전거 의자에 진흙을 묻혀놓고, 신발에 압정도 넣고, 책상에 껌도 붙였다고 했다. 교과서를 빼앗아 찢어버리거나 숙제를 망가뜨리는 것도 흔한 일이었다.

그들의 이야기를 듣다가 물었다.

"그때 원하는 게 뭐였나요."

모두 같은 대답을 했다.

"얼굴 안 보고 조용히 사는 거요."

나와 가까운 사람이 왕따를 경험했다. 피해자는 조카였다.

정말 눈에 넣어도 안 아플 소중한 조카였는데, 그 아이의 세계가 어느 날 무너졌다.

학교 친구들이 화장품에 세정제를 넣었고, 조카는 그걸 모른 채 몇 달을 썼다. 얼굴에 두드러기가 올라와도 이유를 모르고 피부과를 다니며 약을 먹었다. 화장품을 바꿀 때마다 아이들은 웃으며 다시 세정제를 넣었다.

진실이 드러난 건 우연한 기회였다.

피부병이 계속되던 어느 날, 언니는 조카를 위해 비싼 화장품을 사주었다. 그런데 고급 화장품이 샘 난 다른 아이가 세정제를 넣은 것도 모르고 훔쳐 쓰면서 모든 게 들통났다. 화장품을 훔쳐 쓴 아이의 엄마는 화장품을 소비자 센터에 신고했고, 세정제 성분을 확인했다. 그들은 화장품에 세정제를 넣은 아이들을 문제 삼았다. 자기 자녀가 화장품을 훔쳐 갔다는 걸 사과하지 않은 채였다.

그렇게 학교는 뒤집혔고 가해자가 드러났다.

내가 알고 있던 진짜 피해자는 가만히 보고 있어야 했다.

문제를 빨리 해결하고 싶었던 교사들은 처벌을 결정해야 했고, 조카에게 물었다. 친구들에게 어떤 벌을 주고 싶냐고.

그때 조카는 예상과 달리, 정말 아이다운 대답을 해버렸다.

"용서하고 싶어요."

이쯤이면 해피엔딩이 될 법도 한데 교사들은 학부모를 호출했다.

"이런 상황에서 왜 용서를 합니까. 자신이 어떤 피해를 당했는지 인지를 못 하는 것 같으니 정신과에 가서 상담을 좀 받으시면 어떨까요."

학교 폭력 피해자가 되었던 조카는 친구를 용서하고 싶다는 말 한마디에 인지 능력이 떨어진, 발달 과정에 문제가 있는 아이가 되어 있었다.

　

가끔은 갑자기 터져버린 상황을 이해하기가 힘들 때가 있다.

심지어 문제의 핵심이 뭔지도 흐릿하게 보일 때가 있다.

혼란이 시작되고, 내가 피해자가 되어버렸다는 걸 알았을 때, 어떻게든 빨리 수습하고 다음 단계로 넘어가고 싶은데 방법이 생각나지 않으면 마음이 답답하다.

멍하니 생각하면서 주저하고 있을 때면 조언하기 좋아하는 사람들이 어떻게 알았는지 다가와 말을 건다.

이렇게 해, 저렇게 해. 그게 좋아. 아니 이거야.

그게 가스라이팅인지 아닌지 모른 채, 우리는 조언을 받아들이고 싶다.

그렇게 결정하고 나면 모든 것이 편안해질 것 같아서다.

빨리 문제를 해결하고 싶고 불편하게 뒤섞인 감정을 정리하고 싶어서다.

이곳을 빠져나가 다음 단계로 가고 싶어서다.

정리가 빠를수록 내 일상으로 돌아가기 쉬울 거라는 믿음 때문이다.

그런데 시간이 지나고 나서, 어느 날 불쾌감이 밀려온다.

그때 내가 왜 화내지 못했는지, 얼마나 멍청했는지, 왜 끌려다녔는지. 너무 늦어버린 지금 나에게 화를 내고 만다.

조카는 결국 학교를 자퇴했다.

홈스쿨링을 하면서 검정고시를 준비할 때 가족들은 어떤

위로를 해야 할지 몰랐다.

몇 년의 시간이 지나서 다시 물었다.

"그때 왜 친구들을 용서했어?"

조카는 눈을 끔벅이며 대답했다.

"게네들이 찾아와서 용서해달라고 했어요. 펑펑 울면서. 그래서 그땐 그게 옳은 일이라고 생각했어요."

그리고 조카는 이렇게 덧붙였다.

"그땐 사과를 받은 거라고 믿었는데 사실은 그렇지 않았다는 걸, 나중에 알았어요."

🌙 ☁️ ☀️

폭탄에 맞은 것처럼 사건에 휘말리고 머리가 터질 것처럼 답이 보이지 않을 때.

그때 가장 필요한 건, 어쩌면 시간일지도 모른다.

상황을 이해하고 판단할 수 있도록 생각을 정리할 충분한 시간 말이다.

누군가 빨리 결정해달라고 나를 재촉한다고 해도.

나의 마음이 어서 도망치고 싶어 하더라도.

모든 걸 멈추고 가만히 앉아 생각해야 한다.

세상에 나 혼자 남은 것 같다는 생각이 들어도 어쩔 수 없다.

차라리 혼자이길 선택하고, 차라리 아무도 만나지 않기로 하면, 내 안의 목소리를 들을 수 있을지도 모른다.

나에게 충분한 시간을 주기 위해 귀를 막아야 할 수도 있다.

천천히 혼자가 되어야 할 수도 있다.

아무도 필요 없어, 그냥 나 뿐이야

당신이 기대하는
내가 될 수 없다면
여기서 그만하고
싶어요.

이 말이 왜 그렇게
하기 힘들었을까.

그만두고 싶은 날

당신이 기대하는 내가 될 수 없어요

딱 일 년 만에 전화가 왔다.

작년에 함께 일했던 방송사에서 다시 행사를 진행한다고 했다. 그때 나를 불렀던 국장은 은퇴하고 없다는 말을 들으니 문득 불안감이 밀려왔다.

사람 때문에 일을 한다는 건 이렇게 위험하다. 그 사람이 없다는 이유만으로도 여러 가지 좋지 않은 상상을 떠올리니 말이다.

그래도 다행히 남은 사람들과 기분 좋은 첫 회의를 하고 밥을 먹고 헤어졌다.

작년보다 작가료는 줄어들었지만, 그만큼 편하게 해주겠다는 약속도 받았다.

규모가 줄어든 만큼 일도 쉬울 거라는 막연한 기대 때문이었다.

하지만 이런 기대는 얼마 지나지 않아 깨졌다.

예산이 줄어든 만큼 인력이 없어 바빠진 부장은 일을 떠넘기기 시작했다.

"정 작가가 전화해서 섭외 좀 해."

"제가요? 작년에는 출연자 섭외는 제가 안 했었는데요."

"섭외는 작가가 해야지. 무슨 소리야."

"제가 전문가도 아니어서요."

"알았어요."

그의 짜증 섞인 말투는 불안했다. 나는 곧 직감했다.

불안은 불만으로 이어질 것이고 신뢰가 쌓이기도 전에 관계는 허물어질 것이라는 걸, 오랜 경험으로 알고 있었다.

나는 용기를 내서 문자를 보냈다.

📱 저는 여기서 그만두는 게 좋을 것 같습니다. 기대하시는 것만큼 일하지 못할 수도 있어요.

부장은 아무 대답을 하지 않았다. 불쾌한 감정을 느꼈겠지만, 다른 대안도 없었을 것이다.

🌙 ☁ ☀

중간에 일을 그만두는 건 유쾌한 일이 아니다. 나에게도 마찬가지다.

몇 달 전, 아는 제작사 대표의 부탁으로 하고 싶지 않은 일을 시작했을 때도 그랬다. 시작하면서 위험을 직감했지만 그냥 시작했고 결국 중간에 그만뒀다.

몇 년 전, 아는 PD의 부탁으로 하기 싫은 특집 생방송을 시작했을 때도 그랬다. 불안은 결국 좋지 않은 결과를 만들었다.

시작도 하기 전에 위험지수가 강하게 느껴질 때가 있다. 그럴 때는 촉이 발동하고 부정적인 미래를 예감하는 능력이 생긴다. 끝이 좋지 않을 거라는 예언에 가까운 직감이다. 일을 끝까지 밀어붙일 동력이 없다는 건 언제나 그렇게 우리를 불안하게 만든다.

계약서를 써야만 계약이 아니다.

내가 나중에 도와줄게.

이런 한 마디도 생각보다 무거운 계약이 될 때가 있다.

내가 같이 가 줄게.

내뱉은 한 마디를 책임져야 할 때도 있다.

그냥 내가 할게.

순수한 마음으로 내뱉은 말이 약속이 되고, 그 약속이 조건 없는 계약처럼 당연해질 때가 있다.

도와주려고 시작한 일이었는데 예상보다 강한 압력으로 나를 밀어붙이면 그만두고 싶어지기도 한다.

그렇다고 그만두겠다고 선언하기도 쉽지는 않다.

하지만 가끔은 용감하게, 다른 누구도 아닌 나만을 위해 결심할 때가 있다.

"저는 여기서 그만두는 게 좋을 것 같습니다."

후배들의 고민 상담 중에 많은 부분은 '그만두기'에 관한 노하우다.

일을 시작하기도 어렵지만, 그만두는 게 더 문제라는 거다.

힘들다고 말하기도 쉽지 않고, 내부에 있는 문제들을 고자질할 수도 없어서 조용히 그만두는 일을 택할 때가 많다. 하지만 윗사람들은 그런 사정을 잘 모른다.

힘든 일이 있으면 도와주겠다고 붙잡아도 마찬가지다. 누군가 도와준다고 해결될 일이 아니라고 솔직히 털어놓을 수 없을 때는 더욱 괴롭다.

게다가 문제가 조직에 있는 게 아니라 나에게 있을 때는 더욱 큰 고민이다. 능력이 되지 않아 그만두겠습니다. 이런 말은 쉽게 나오지 않는다.

하고 싶은 일이었지만 내게 맞지 않는 일일 수도 있다.

잘하고 싶었지만 잘할 수 없다는 걸 알게 될 때도 있다.

조직에 속한 누군가가 힘들게 해서 도망치고 싶을 때도 있다.

아무 문제 없이 잘 진행되는 업무 속에서도 문득 그만두고 싶어질 때가 있다.

그럴 때 무엇이 최선인지는 잘 모르겠다.

나 역시 이런 고민이 시작될 때면, 내게 질문해 온 후배들처럼 선배를 찾아간다.

"선배, 나 그만두고 싶은데 어떻게 해?"

어떤 선배는 이렇게 말한다.

"뭘 고민해. 그냥 그만둬."

또 다른 선배는 이렇게 말한다.

"돈 버는 게 쉬운 줄 알아? 누가 불러줄 때 열심히 일해."

전혀 다른 대답이지만, 둘 다 고마운 말이라서 눈물이 났다.

🌙 ☁️ ☀️

며칠이 지나 부장은 사과의 문자를 보냈다.

사람이 줄어서 내게 맡길 일이 많아졌다는 걸 미리 말해주지 못해 미안하다는 거였다.

그 말이 고맙고 위안이 되었다.

그런데도 '아니에요, 괜찮아요.'라고 말하지는 않았다.

'그러게요, 진작 알았으면 좋았겠네요.'라고 뻔뻔하게 굴었다.

나는 나를 지켜야 하니까. 나를 위해 중간에 그만두는 사람이 될 수도 있다는 걸, 알려주고 싶었다.

돌이킬 수
없다는 건
돌아갈 길을 벗어
났다는 뜻이야.
어쩔 수 없다면
뒤를 보지 말고
그냥 앞으로 가.
가지 않았던
길에서
소중한 것을 다시
찾아야 해.

돌이킬 수 없는 이별을 하는 날

미안하다는 말도 할 수 없어 미안해

친구의 친구였는데 어느 날인가 나에게도 친구가 되었던 친구가 있다.

복잡한 관계 서술을 다 빼고 나면 이 문장이 남는다.

그는 나의 친구였다.

우리는 자주 만나는 사이는 아니었다. 가끔, 정말 가끔 만나 서로를 응원했다.

적당한 거리를 유지하던 우리 관계가 가까워진 것은 그가 나의 여행길에 쫓아오면서였다.

먹을 것과 즐길 거리를 잔뜩 챙겨 온 나와는 달리 소주 몇 병과 과자 몇 개를 사서 온 그는 우리 무리와 함께 산속을 걸었다.

물소리가 나는 바위에 누워 노래도 듣고 아이처럼 수다를 떨며 산속을 헤맸다.

늦은 밤 휴양림 통나무집으로 함께 들어갔던 친구는 예상과 달리 좁은 내부를 난감한 얼굴로 한참이나 보더니 베개 하나를 들고 다락방으로 올라갔다.

거기 난방 안 돼서 추워.

우리가 말했지만, 그는 웃으며 대답했다.

나는 열이 많아서 여기서 자는 게 딱 좋아.

그리고 다락방에 엉거주춤 앉아 남은 소주를 혼자 마셨다.

난 다락방에 웅크리고 앉은 친구를 보며 잠이 들었고, 우리는 그렇게 가까워졌다.

명절이거나 외로움이 사무치는 성탄절이면 나를 찾아오기도 했다.

예고 없는 만남도 나쁘지 않았다. 친구는 원래 그런 거니까.

그런데 어느 날, 다른 친구에게서 전화가 왔다.

"놀라지 마. X가 죽었대. 집에서 혼자 죽어 있던 걸 오늘 발견했대."

🌙 ☁ ☀

친구를 떠올리면 빨간 뚜껑이 떠오른다.

도수가 높은 소주가 좋다던 친구는 언젠가부터 빨간 뚜껑 소주를 사서 검은 비닐봉지에 넣고 다녔다.

소주를 들고 다니는 건 예의 없어 보인다는 생각 때문에 급하게 챙겨 든 것이 검은 비닐봉지였다.

술은 술집에서 마실 수도 있고, 식당에서 마실 수도 있다. 집에서도 가능하다. 그렇게 사람들은 어떤 '장소'에서 술을 마셨다.

하지만 친구는 그렇지 못했다. 장소를 벗어나도 술을 마시는 행위가 멈춰지지 않았다. 그래서 남은 술을 검은 봉지에 담아 들어야 했다.

그때부터 친구는 우리가 알고 있는 예의를 갖추지 못했고 조금씩 허물어져 갔다.

밥을 먹지 않는 시간이 많아졌고, 손을 떠는 시간이 길어지면서 알코올중독에 빠져들었다.

"이제 술을 끊고 싶어."

알코올 때문에 황달이 와서 병원에 입원했을 때 그의 말을 들으며 나는 안도했다.

"일주일에 한 번씩 가서 상담하는 곳도 있고 아예 입원해서 술을 못 먹게 도와주는 곳도 있어. 내가 더 알아볼게. 혼자는 힘들 수 있으니까."

친구를 격려했다.

"너는 할 수 있을 거야. 힘을 내."

하지만 소원은 이뤄지지 않았다.

친구는 다시 술을 마셨고, 다시 병원에 입원했다.

급성 간경화는 만성이 되었고 결국 간암을 진단받았다. 그
때 친구는 말했다.

"못 끊을 것 같아."

친구가 다시 술을 마시기 시작했을 때도 친구들은 포기하
지 않고 번갈아 잔소리하며 그를 다그쳤다.

몇 번 더 계절이 바뀌었다. 친구는 몇 번이나 병원에서 죽
을 위기를 넘기고 회복해 퇴원했다. 그런데 참으로 어리석
은 인간의 욕망은 끝도 없이 그를 파괴했다.

친구는 술을 사기 위해 거짓말로 돈을 빌려달라고 전화를
하기 시작했고, 친구들은 통장에 돈을 이체하다가 어느 날
포기를 선언했다.

나도 포기했다.

"십만 원 보내줄게. 이젠 다시 전화하지 마."

그게 우리의 마지막 통화였다.

나는 무엇을 더 할 수 있었을까.

생각해보면, 무엇이든 더 할 수 있었다.

그런데 왜 하지 않았을까.

왜 나는 포기했을까.

떨리는 심장을 주먹으로 치면서 영안실로 갔다.

영정사진에 흩뿌려진 미소를 보면서 눈물을 흘렸다.

그가 죽기 석 달 전, 그의 부모님은 세상을 떠났다.

알코올중독 상태에서도 부모님이 떠나실 때까지 간호하며
버티고 살았다는 걸 우리는 알고 있었다.

너무나 이기적인 말이지만, 친구를 위해 친구의 부모님이
그만 돌아가시면 좋을 것 같다는 생각을 한 적도 있었다. 부
모님이 떠나시면 친구가 새롭게 인생을 시작할 수 있지 않을
까 하는, 막연한 기대감 때문이었다.

부모님의 오랜 투병을 견디면서 홀로 더러운 집을 치우고,

빨래하고, 밥을 하고, 병원에 모시고 다니면서 친구는 술을
마셨다.

외로운 밤, 탈출할 곳 없는 그곳에서 할 수 있는 일은 혼
자 술을 마시는 것뿐이었다는 걸 우리는 알고 있었다.

친구가 좋아하던 녹색 뚜껑이 빨간 뚜껑으로 바뀐 이유도
모두 그 때문이었다.

🌙 ☁ ☀

친구 부모님을 모셨던 납골당을 몇 달 만에 다시 찾았다.
이번엔 한 줌 재가 되어 도자기에 담긴 친구를 안고서였다.

친구의 가족들은 납골당에서 가장 저렴한 장소를 골랐고,
친구는 발이 닿지 않는 가장 높은 층으로 배정받았다. 우리
는 사다리를 타고 올라가 좁고 어두운 작은 공간에 친구를
두고 문을 닫았다.

돌아오는 길, 후회는 눈물이 되어 흘렀다.

너무 늦은 후회였다. 언젠가 이런 후회를 하게 될 거라는 것도 알고 있었다는 게 더욱더 비극이었다.

　우리는 다시 만날 수 없고, 그 시절로 되돌아갈 수 없다는 걸 알고 있다. 그것을 너무 잘 알기 때문에 마음이 다독여지지 않았다.

　어떡하지. 미안해서 어떡하지.

　중얼거리다가 다짐했다.

　만약에 나에게 또 그런 사람이 찾아온다면, 그때는 포기하지 않으면 좋겠어.

　그리고 기도했다.

　저에게, 사람을 포기하지 않을 용기와 믿음을 주세요.

　끝이 보이는 관계는 언제나 서글프다.

　우리의 끝이 죽음이라는 것은 더욱 서글프다.

서글픈 인생의 한 가장자리에서 부대끼며 살아가면서 차라리 한 번 더 화를 내고, 한 번 더 잔소리를 했다면 어땠을까.

친구를 포기하고 싶지는 않아요

아니요.
싫어요.
하지 않겠습니다.
내가 원하는 게
아니에요.
제 거절을 거절하
신다면 다시 거절
할게요.
끝.

잠적하기로 한 날

그만두기로 했어

회의가 끝나자마자 국장 앞으로 쪼르르 다가갔다. 살짝 눈치를 보며 생각했다. 뭐라고 해야 원하는 답을 들을 수 있을까. 먼저 결심을 전하는, 판에 박힌 말로 심각한 분위기를 이끌었다.

"저 드릴 말씀이 있는데요."

이 말은 참 무섭다.

대충 눈치만으로 무슨 말을 하려는 지 알게 되니까.

조직에서만 그런 것도 아니다. 연인 사이에서도 부부 사이에서도 '할 말'이 있다는 건 좀 무섭다.

결정을 풀어놓거나 불만을 꺼내놓을 시간이니까.

"할 얘기가 뭔데?"

"죄송한데요, 저 좀 쉬고 싶어요."

"이유가 뭔데?"

공기가 차갑게 느껴졌다.

냉기 가득한 분위기에 구차한 변명까지 꺼내 얹었다.

"몸도 좀 힘들어서요. 좀 쉬면서 충전하고 싶어요."

"너만 힘드니. 나도 힘들다. 그런 이유는 안 돼."

"저 이 프로그램 너무 오래 해서요. 세대교체 좀 해야죠. 신선하게."

"너만 오래 했니? 다른 작가들도 마찬가지지. 그런데 이거 알아? 어떤 작가는 한 프로그램을 15년 넘게 하기도 했대."

콧방귀를 살짝 뀌며 거절하는 국장에게 사실 하고 싶은 말은 이런 거였다.

'국장님은 직원이지만 전 프리랜서예요. 똑같이 몇 년을 일했지만, 제대로 휴가 한 번 못 가고 명절마다 특집도 했어요. 고맙다는 건 말뿐이죠. 돈을 더 준 것도 아니면서.'

또 이런 말도 하고 싶었다.

'더 늦기 전에 하고 싶은 일이 있어요. 나도 꿈이 있거든요. 당신의 꿈을 위해 노동력을 착취당하고 재능을 뺏기고 싶지 않아요.'

하지만 만취 상태도 아니고서야 제정신에 이런 말을 어떻게 할까.

"몇 달만 더 해줘. 나 은퇴할 때까지만. 난 아직 정 작가의 도움이 필요해."

마음이 약해지는 건 이럴 때다. 내가 필요하다는 말은 더없이 유혹적이다. 내가 쓸모 있다고 느낄 때, 나는 썩 괜찮은 사람이 되는 것 같다.

대화를 마치고 밖으로 나오면서 달력을 봤다.

특집 방송만 하고 그만두는 걸로, 다시 말해야겠어.

🌙 ☁ ☀

그만두는 건 참 힘들다.

처음 일을 시작할 때는 반짝이는 내 표정을 감추지 않았다.

열심히 할게요. 잘하겠습니다. 믿어만 주세요. 이런 텔레파시를 쏘아대면서 일을 시작한다. 그러다 마음이 무너지고 생채기가 쌓이면 다른 주파수를 잡게 된다.

건들지 마세요. 왜 나만 가지고 그래요. 나도 힘들다고요. 왜 내가 그 책임을 져야 하나요.

하지만 이런 불만이 가슴에 가득해져도 일을 그만두기는 힘들다. 일에서 느끼는 만족과 성취감이 나를 위로해주기 때문이다. 또 함께 일하는 사람이 주는 격려가 감동스러울 때도 있다. 그렇게 톱니바퀴처럼 얽혀 있는 업무와 관계 안에서 시간이 지나기 시작하면, 언제 멈춰야 할지 알 수 없다.

그러다 보면 아무리 그만두고 싶어도 타이밍을 잡을 수가 없다. 내가 멈추는 순간, 톱니바퀴가 깨질 것이 두렵다. 모두 하던 일을 멈추고 나를 주목하는 것도 부담스럽다.

국장의 은퇴를 기다리며 꾸역꾸역 일하고 있던 어느 날, 예상치 못했던 일이 벌어졌다.

PD와 함께 최종 편집을 하고 있을 때 차장이 나를 작은 회의실로 불러냈다.

"우리가 이번에 작가 조직 개편을 하기로 했어요. 회의를 좀 했는데요, 작가님이 그만둬야 할 것 같습니다."

누구와 무엇을 위한 회의인지는 묻지 않았다. 너무 뻔한 일이어서 웃음이 나올 정도였다.

작가 조직 개편이라는 핑계를 대면서 다른 한 작가를 내보내려고 했던 그들은 자연스러운 모양새를 만들기 위해 나를 명단에 얹었을 것이다. 게다가 그들이 잘라내려 했던 작가는 조직에서 오히려 피해자였다는 것도 이미 잘 알고 있었다.

어떤 의도인지 너무 잘 알고 있어서 묻지 않았다.

"그러세요."

"그만두는 게 괜찮다고요?"

"그만두라면서요. 안 그래도 내 입으로 먼저 그만두겠다고 했었으니까, 괜찮아야겠죠."

"그럼 그만두기로 하고 두 달만 더 해주세요. 작가 구해서 적응할 때까지."

이기적인 조직이 또 나를 기만하는 순간이었다.

🌙 ☁️ ☀️

처음엔 자의였지만, 결국엔 타의로 나는 프로그램에서 하차하기로 했다. 꽤 긴 시간을, 그것도 열심히, 건강을 해쳐가면서 했던 프로그램을 정작 그만두려고 하니 기분이 이상했다. 헛헛하다. 그 단어도 떠올랐다. 밥을 먹어도 채워지지 않은 것 같은 공허함이 동그랗게 심장을 감쌌다.

마지막 출근 날은 심지어 명절 연휴가 시작되던 휴일이었다. 후배들도 고향에 내려갔고 나와 담당 PD만 나와서 일을 마무리했다.

내 심장의 온도만큼이나 차갑게 식어버린 사무실에서 명절이라고 나눠주는 깡통 선물 상자를 챙겨 나오는데 등 뒤가 서늘했다. 불특정 다수에게 무차별적으로 발송하는 홍보 목

적의 스팸 메시지처럼, 선물 상자는 무심하게 거추장스러웠다.

사무실 문 앞에서 누군가 '서프라이즈'를 외치며 고생했다고 손뼉을 쳐준다고 해도 유쾌하지 않을 날이었다. 하지만 현실은 상상했던 것보다 조용했고, 냉정했고, 잔인했다.

우리가 살아가는 세상에서 언제나 '나'란 존재는 '무언가'를 위해 소모된다. 이곳이 아닌 다른 곳에서였다고 해도 마찬가지였을 것이다.

커피 한 잔을 마시며 진실하게 서로를 마주할 수 있는 관계란 얼마나 될까. 치부마저 드러내고 솔직해질 수 있는 사이란 또 얼마나 있을까.

일을 그만두고 거리로 나오면서 나는 서둘러 단톡방을 빠져 나왔다. 그리고 정말 오랜만에 메시지 알림에서 음소거 버튼을 눌렀다.

그렇다. 나는 이제 나만 볼 것이다.

그렇게 나는 잠적할 것이다.

Part 3 좋은 날

이상한 게 그런 거야.
어느 날 갑자기 정신이 들어.

바닥에 누워 가만히 기다렸을 뿐인데.

오늘이 바로 그날이었어.
내가 다시 벌떡 일어서는 날.

툭
건드리면
쏟아질 것 같은
눈물.

참지 말고
울어버려.

외로움을 견디는 날

외로우니까 사랑한다

잠적하고 사라진다고 해도 나의 아침은 달라지지 않았다.

같은 자리에서 잤고 같은 자리에서 다시 일어났다.

모르는 사람들 속에서 혼자 밥을 먹고 혼자 길을 걸으며 혼자 생각했다.

그러다 가끔 아는 사람을 만나 웃기도 했고, 또 가끔 그들의 기억 속에 있는 나를 발견하기도 했다.

그렇게 반복되는 하루에서 외로운 나를 만나는 건 낯선 일이 아니었다.

생각해보면 이상한 건 그런 거였다.

'나 그때, 많은 동료 사이에서 같은 주제로 수다를 떠들었는데 왜 외로웠을까.'

생각해보면 이런 날도 있었다.

'친구들과 신나게 놀았는데 갑자기 분위기를 좇아가기 힘들어 외롭다고 느꼈어.'

이런 건 또 어떤가.

'너무 바쁘게 일하다가 크게 숨을 쉬는데, 갑자기 너무 외로워 눈물이 나려고 할 때도 있었어.'

외로움은 알 수 없는 이유로 아무 때나 찾아왔다.

또 이런 외로움도 있었다.

밥을 너무 든든히 먹어서인지 소화가 잘 안 된다는 걸 알게 된 순간 말이다.

그때 외로움을 느끼는 건 부끄럽지만, 그럴 때도 있었다.

큭 트림을 하고도 외롭고, 붕 방귀를 뀌면서도 외롭다.

외로운 건 나만 안다.

어떤 소음 속에서도, 어떤 침묵 속에서도 가끔 그렇게 외롭다.

어디서부터 봄바람처럼 찾아온 외로움인지 알 수 없는 그것이 나를 완전히 지배할 때면 이유도 모르게 쭉 늘어져 버린다.

그냥 누가 와서 툭 건드리기만 해도 눈물이 쏟아질 것 같은 나를 만나게 된다.

그럴 때면 외로움을 느끼며 가만히 그 감정이 지나가기를 기다릴 수밖에 없다.

🌙 ☁ ☀

며칠 전, 우울한 아이들이 가는 우울증 학교에 관한 짧은 동화 한 편을 쓰려다 생각했다.

우울증 학교에 가는 이유는 당연히 우울해서였다. 그런데 학교라는 곳에서 우울하지 않도록 교육받는 방법은 뭐가 있을까. 여기까지는 재미있는 아이디어가 몇 개 있었다. 그래서 신나게 쓰기 시작했다.

그러다 불쑥 벽을 만났다.

우울증 학교에서 졸업하게 된다면, 졸업 조건은 뭐가 되어야 할까. 우울하지 않은 심리 상태만으로도 졸업 자격을 얻을 수 있을까.

우울증 학교에서 벗어날 방법이 잘 생각나지 않아 한참이나 머리를 두드렸다.

그러다 나의 학창 시절을 떠올렸다. 그때 나 왜 우울했지. 그리고 어떻게 거기서 벗어났지.

그렇게 가만히 추억을 더듬어가다가 결국 결론을 내렸다.

우울증 학교의 졸업 조건으로 '친구'를 데려오는 거였다. 손을 잡고 함께 걸어갈 친구가 있는 아이들이라면 우울증 학교를 졸업할 수 있도록 만들었다.

물론 친구가 있다는 것이 어떤 자격이 될 수는 없다. 그건 그냥 가능성이다. 외로움과 우울함을 이겨낼 출발선에 서 있다는 뜻이다.

다만 나의 바람은 이런 것이었다. 만약 내가 어제와 같은 우울한 상태라고 해도, 지금 내 손을 잡아줄 누군가만 있다면 문을 열고 나설 수 있다고 말이다. 혼자가 아닌 순간이야 말로 외로움이 만든 우울한 상태를 끝내는 순간이니 말이다.

그래서 그게, 우리의 "쓸모"다.

가끔 내 손이 쓸모없게 느껴지는 날, 나는 원고를 쓰기도 하고 청소를 하기도 한다. 걸레질하고 설거지하면서 나의 쓸모를 찾는다. 가족이 먹을 음식을 하면서도 내 손을 쓸모 있게 쓴다.

그러다 전화를 걸기도 한다.

나의 쓸모를 기다리는 누군가에게.

보고 싶었어, 잘 있는 거야, 라고 묻는다.

맞다. 외로우니까, 사랑한다.

그렇다. 신은 인간을 그렇게 만들었다.

사랑받고, 사랑하도록.

🌙 ☁️ ☀️

생겨 먹길 그렇게 생겼다.

태어나길 그렇게 태어났다.

애초에 만들어질 때부터 그랬다.

인간은 철저하게 외로운 존재로 세상에 왔다.

우리가 얼마나 외로운 존재인지는 모두 알고 있다.

하지만 신은 인간에게 혼자 살지 말라고 했다.

높은 물이 낮은 곳으로 흘러 균형을 맞추는 것처럼 말이다.

각각 크기가 다른 돌을 붙여 단단하고 완벽한 벽을 만드는 것처럼 그렇다.

강한 사람이 약한 사람을 돌보며 함께 살라고 누군가는 약한 모습으로 세상에 왔다고 했다.

서로 함께 살아갈 수 있도록 우리의 능력과 모습과 재능과 즐거움을 다르게 만들었다고 했다.

'사람이 사람에게 기적이 될 수 있을까요.'

어느 드라마에서 들은 말이었다.

대사 한 마디에 가슴이 울컥했다.

여러 가지 생각이 떠올라 나도 모르게 중얼거렸다.

'사람이 기적이어야만 해요. 그렇게 되어야만 해요.'

사람이 사람에게 기적이 되지 않는다면 우리는 서로에게 상처만 주고 버려진 채로 죽어갈 것이다. 하지만 우리는 누군가를 사랑하면서 서로를 돕고 지킬 수 있다.

'사람은 사람에게 상처받지만, 또 사람에게 위로받아야만 해요. 그것이 우리가 만들어낼 최고의 기적이잖아요.'

우울하고 힘든 날에 친구가 해준 한마디에서 희망을 발견하는 건 낯선 경험이 아니다.

지친 밤에 어깨를 만져주는 가족을 보며 뭉클해진 경험은 누구에게나 있다.

만약에, 만약에 아직 그런 경험이 없다면, 당신이 그런 가족이 되어주길 바란다. 당신의 가족에게 그런 경험을 만들어주는 사람이길 바란다.

자녀가 먹을 음식을 사면서 행복한 부모는 어디에나 있다.

아낀 용돈으로 배우자 선물을 사러 가는 부부는 언제나 함박웃음이다.

잘 나온 성적표를 들고 집으로 뛰어가는 자녀의 발걸음은 또 얼마나 가벼울까.

오랜만에 만나는 친구를 위해 초콜릿 하나를 가방에 넣으면서 가슴이 두근거릴 때, 나는 사랑이 어떤 의미인지 알 수 있다.

　　　　　🌙 ☁ ☀

아주 사소한 것으로 오해가 쌓여 삐져있던 엄마를 오랜만에 만나러 가던 길이었다.

주머니를 털어 살 수 있는 최고의 선물이 뭘까 고민하다가 예산을 훌쩍 넘겨 한우 등심을 샀다.

아버지가 제일 좋아하는 소고기 등심을 들고 가는 데 더없이 기분이 좋았다.

소주 한 잔을 따라놓고 고기가 익기를 기다릴 아버지의 얼굴이 떠올라서 좋았고, 아버지에게 맛있는 등심을 먹이기 위해 열심히 굽고 있을 엄마의 얼굴이 떠올라서 좋았다.

고기를 먹고 나서는 부모님이 좋아하는 고스톱도 쳐봐야지.

그 생각을 하는 동안 외로움이 뭉게구름처럼 두둥실 하늘 위로 사라졌다.

언제나 그랬고, 그게 정답인 걸 알고 있다.

외로우니까, 사랑한다.

나 혼자 먹을 땐
그 맛이 아니야!

혼자라고 해서 꼭
혼자인 건 아니야.
그냥 가만히 있는
상태를 혼자라고
하는 거래.
그럼 가끔은
가만히 혼자
있어도 좋잖아.

나만 봐도 좋은 날

혼자 즐기는 세 가지 놀이

사람들이 나를 찾을 때 사라지는 게 진짜 잠적 아닌가.

그럼 아무도 나를 찾지 않을 때 숨어 있는 건, 그냥 처음부터 잠적이 아닌 거 아닌가. 잠적하기로 마음을 먹었지만 하나도 잠적 같지 않아 기분이 나빴다.

먼저 일이 아직 끝나지 않았다는 게 문제였다.

짐을 챙겨 사무실을 박차고 나왔지만 방송이 끝날 때까지 완전한 잠수는 불가능했다.

아직 나에게 남은 일이 많았다. 자막을 정리하고, 대본을 쓰고, 보도자료를 고치고, 방송을 모니터하는 일. 출연자에게 확인 전화를 걸고 그들의 피드백을 받는 일. 그리고 방송 시청률을 확인하고 함께 했던 PD와 후배 작가에게 수고

했다고 문자를 보내는 일까지. 방송이 세상으로 흩뿌려지고 난 뒤에야 나는 모든 주파수에 진짜 자물쇠를 채웠다.

일을 그만두고 제일 먼저 하고 싶었던 일은 마음껏 책을 읽는 거였다. 길게 늦잠을 자고 나와서는 꼬박꼬박 도서관에 갔다. 열람실에 앉아 아무 책이나 꺼내 읽으며 이름도 몰랐던 어느 저자들의 사유에 공감하면서 나의 무지함을 인정하기도 했다.

그러다 도서관에서 지원하는 작가 집필실을 신청해 들어갔다. 어차피 매일 출근하듯 가는 도서관에 내 자리가 있으면 더 좋을 거라는 생각 때문이었다. 길어야 최장 5개월을 다닐 수 있는 집필실 대여였지만, 뭔가 이뤄낸 것 같이 기분 좋았다.

매일 아침이면 나는 학생이 된 것처럼 도서관에 갔다. 책을 몇 권 읽고 집필실 작은 침대에서 낮잠을 자기도 했다. 그조차 지루해지면 키보드 위에 부드럽게 손가락을 올렸다. 피아니스트가 연주를 막 시작하려는 것처럼, 내 손가락을 움직여 가슴에 가득한 이야기를 쓰기 시작했다. 내가 정말 쓰고 싶었던, 내가 만들어낸 이야기들을 꺼냈다.

그때 한 가지 생각이 떠올랐다.

맞아, 이게 꿈이었어.

🌙 ☁ ☀

잠적하는 일이 나에게 손해를 끼칠 게 하나도 없다는 걸 다시 한번 말해두고 싶다. 나는 심각한 내향형 인간이라서 혼자 있다고 해서 기분이 나빠지지 않는다. 그래서 혼자가 어색하지 않다. 뭔가에 쫓기는 듯 나를 돌아보는 습관이야 오랜 조직 생활에 젖은 탓이라고 생각하면 그만이었다.

일인칭의 나를 삼인칭의 시선으로 관찰하면 혼자 있는 시간도 그리 나빠 보이지 않았다.

복닥거리던 조직에서 빠져나와 완전히 혼자가 되었다는 걸 알았을 때 해방감을 느꼈던 것도 그 때문이었다. 많은 사람이 있는 곳에서, 아는 사람이 아무도 없이 혼자 있다는 건 묘한 즐거움을 주었다.

도서관 식당에서 김밥을 먹으면서 바쁘게 살아가는 사람들의 발을 보면서도 그랬다. 카페에 앉아 진지한 대화를 나누는 사람들의 뒷모습을 보면서도 그랬다. 어느 추운 날 버스를 기다리는 사람들에게 퍼져나오는 입김도 좋았다. 사람들을 관찰하면 자유로웠다.

살다 보면 누구나 혼자가 될 때가 있다.

사랑하던 연인과 이별하였을 때 극심한 통증을 경험하지만, 결국 혼자가 되는 법을 배운다. 슬픔이 바다처럼 차올라 죽을 듯 괴롭지만, 그 모든 과정이 일어서는 순간이라는 걸 또 알게 된다.

좋아하던 일을 그만두고 낙담했을 때.

존경하는 사람에게 실망했을 때.

믿던 사람에게 배신당했을 때도.

쓸쓸하고 잔인한 인생의 규칙을 경험하면서 우리는 혼자

라는 것을 알게 된다. 그리고 조금씩 단단해진다.

하루를 입 다물고 침묵하고 살다가 집에 돌아오니 가족이 너무 반가웠다. 내가 어디서 무엇으로 상처받고 있어도, 돌아오면 그 자리에서 나를 기다리고 있는 가족이 있어 다행이었다. 그들이 이렇게 큰 위로가 된다는 걸 경험하는 시간이었다.

그리고 생각했다.

맞아, 가족이 있으니 난 영원히 혼자가 아니야.

🌙 ☁ ☀

내가 사라졌다는 걸 모르는 사람은 누굴까.

그 생각을 하니 궁금해졌다. 내 소식을 전하지 못해 나의 근황을 모르던 사람들. 하지만 언젠가는 나에게 소중했던 사람들은 누구일까.

매일 도서관 가기 놀이에 완전히 적응할 때쯤, 다시 사람들을 떠올렸다. 그리고 일주일에 하루는 보고 싶은 사람들을 찾아가는 날로 보내고 싶었다.

가장 먼저 생각난 사람은 할머니 친구였다. 결혼하지 않아 평생 혼자였던 그녀는 처음 만났을 때도 할머니였지만, 15년이 지난 지금도 할머니였다. 긴 시간이 지났지만 언제나 똑같은 할머니 친구를 만나면 내가 나이 들고 있다는 걸 잊어버리게 된다.

그녀는 평생을 나누고 봉사하는 삶을 살았다. 해외에서 가난하고 배고픈 사람들을 위해 밥을 해주던 사람이었다. 어린아이들을 가르치며 기도해주던 사람이었다. 그녀는 30년 전의 일도 어제 일처럼 생생히 기억하며 자랑하는 걸 즐겼다. 그런 그녀가 보고 싶었다.

전화를 걸어 뭐라고 말할까 잠깐 고민했다.

"맛있는 거 사줄게요. 나가서 맛있는 거 먹자."

이렇게 말할 수도 있지만 나는 그렇게 하지 않았다.

"내가 갈게. 맛있는 거 만들어줘요."

그녀가 만들어준 동태탕과 연어 샐러드를 먹으면서 연거푸 감탄사를 쏟아냈다. 일 퍼센트의 과장도 없는 진심의 찬사를 보내며 그녀의 이야기를 들었다.

그녀가 어떤 삶을 살았는지 이미 너무 잘 알고 있지만, 다시 이야기해도 지루하지 않은 우리의 대화 속에서 그녀는 힘이 나는 듯 내게 물었다.

"저녁도 먹고 갈 거지?"

"아, 진짜? 그래도 돼요?"

"그럼. 저녁엔 연어로 회덮밥 해줄게."

나에게 다정한 사람들이 있다는 게 얼마나 다행인가.

단 한 번도 거절하지 않고 나를 안아주던 선배도 있다. 매번 웃으며 나를 반겨주는 친구도 있다. 만날 때마다 깜짝 선물을 주는 후배도 있다. 그들을 보면서 나는 다시 감사했다.

그래. 날 사랑하는 사람들이 있어.

한 번도 상처받지
않았던 내가
그리울 때가
있었어.

그런 날은 온종일
아이처럼
뒹굴거렸어.

마음껏 그리워하는 날

한 번도 상처받지 않았던 것처럼

영화를 보면서 남편에게 물었다.

"타임머신을 탄다면 몇 살 때로 가고 싶어?"

남편은 무심하게 대답했다.

"고등학교 때."

"고등학교 때? 수능 다시 보게?"

"아, 수능이 있었네. 그럼 안 돌아갈래."

실망한 표정을 짓고 있던 남편은 다시 말했다.

"그래도 갈 수만 있다면 고등학교 시절로 가고 싶어. 그땐 정말 재밌었어. 친구들이랑 뭘 해도 재밌었어."

타임머신을 타고 친구를 만나러 가겠다는 이야기를 들으

니 친구가 전부였던 세상에서 모든 일상이 놀이였던 어린 시절이 떠올랐다.

나에게도 그런 시절이 있었다. 본격적인 십 대가 시작되던 중학교 때였다.

똘똘 뭉쳐 다녔던 일곱 명의 친구들은 이름 대신 별명을 만들어 불렀다. 학교 갈 때도 서로 집 앞에서 기다렸다가 멀지 않던 길을 함께 걸었다.

우리는 수업이 끝나도 먼저 집에 가지 않고 기다려주었다. 함께 하는 것이 익숙해서 누구 한 사람도 빠지지 않도록 서로를 보살폈다. 사소한 것을 기억하고 아주 작은 일을 축하해주었던 그때는 서로에게 어떤 서운함도, 어떤 원망도 없었다. 매일 웃고 떠들었다.

아무것도 아닌 것 같은 계획을 세우고는 반드시 경험하고 실천했다. 그런 새로운 경험을 함께 할 사람은 세상에 오직 친구뿐이었다.

아무것도 아닌 사소한 일도 기록했고 항상 나누어 읽었다.

서로의 비밀을 알고 있기에 우리는 더욱 굳건했다.

미래는 불투명했고 불안했지만 아무도 걱정하지 않았다. 막연한 꿈을 꾸고 허황된 소망을 품었지만 서로를 비난하지 않았다. 서로를 응원하는 것을 멈추지 않았다.

그런 날이 그리울 때가 있다.

🌙☁☀

그리운 시절이라고 해서 상처가 없었던 것은 아닐 것이다.

남편은 고등학교 시절 부모님의 이혼으로 외로운 삶을 살았다. 참 이상하다. 왜 그 시절로 돌아가고 싶다고 할까.

힘들었던 기억이 지워져서는 아닐 것이다. 어쩌면 힘든 시간도 이겨낼 수 있을 만큼, 넉넉한 위로를 경험했던 시절이기 때문일 것이다.

그러니 인생은 아이러니다.

다시 생각해보면 그럴 법도 하다. 일관되게 평화로운 삶을, 매 순간 안정적인 시간을 보내는 사람들이 과연 지구상에 몇이나 될까.

부모님의 불화나 형제간의 마찰은 어디에서든 있을 수 있다. 경제적인 어려움도 그렇다. 집 안에 누가 아플 수도 있다. 그리고 학창 시절 대부분은 성적 때문에 심한 압박을 느끼며 살아간다.

그런데도 그때로 되돌아가고 싶다고 말하는 이유는 하나다. 언제든 나의 곁에 있어 줄, 완전한 내 편이 되어주었던 친구 때문일 것이다.

그리운 것은 그 시절의 젊음만은 아니다. 그 시절을 함께 살았던 사람들 때문일 수도 있다.

나를 비난하거나 판단하지 않고 무조건 잘했다고 안아줄 사람이 그리운 거다. 그리고 그런 사람에게 마음껏 사랑을 주고 또 받았던 철없던 시절의 내가 그리운 거다.

그러고 보니 하염없이 그립다.

한 번도 상처받지 않았던 것 같은 순결한 심장을 가졌던 그 시절.

🌙☁️☀️

우리는 누구나 상처받는다.

친구와 싸우고 부모님께 혼나면서 마음에 생채기가 난다.

학교에서, 사회에서, 어떤 조직에서는 예상 못 했던 사람에게 미움을 받기도 한다.

누군가 내 흉을 보는 소리를 전해 들을 때도 있다. 험담이 떠돌다 내 귀까지 오게 될 때도 있다.

소외당하기도 하고 버림받기도 한다.

떠밀려 나가고 떨어져 나가기도 한다.

그리고 그제야 알게 된다.

상처받는 일이 얼마나 마음 아픈 것인지.

아, 나는 아무것도 아닌 것 같아. 혼잣말을 하게 된다.

그런 말을 뱉어낼 때 경험하는 슬픔은 이전에 알던 슬픔이 아니다.

아무에게도 미움받지 않았던 사람은 세상에 없다. 우리 모두 미움받는 누구나가 되었다가 미워하는 누구나가 될 수도 있다. 그렇게 우리는 모두에게 사랑받을 수 없다는 걸 배우게 된다.

모두에게 사랑받는 존재가 아니라는 것에 다시 상처받다가, 미워하는 사람들을 같이 미워하다가, 문득 깨닫게 된다.

아무리 노력해도 모두에게 사랑받을 수는 없는 세상이라면 내 편 들어주는 사람을 지켜야겠다고. 소중한 인연 하나하나를 칭찬해야 한다고.

그렇다. 사랑하고 사랑받는 존재를 울타리로 만들어가는 오늘에 우리는 위로받아야 한다.

한 번도 상처받지 않았던 시절을 그리워하는 건 당연하다.

그런 날들의 기억은 미움받는 오늘을 이겨내는데 더없이 좋은 약이 되어줄 것이다.

만약 오늘 누구에게도 이해받지 못해 상처받았다면, 어린 시절을 함께 살아온 친구 앞에 아이처럼 나타나도 좋지 않을까.

누가 그러더라.
재밌는 소설 속
주인공은 시작부터
개고생하는 거래.
하지만 결국 이루고
성취하고
그래서 성장한대.
그렇다면 가끔
위태로워도
좀 괜찮을 것 같잖아.

익숙해서 반가운 날

사라졌던 그녀가 다시 내게로 왔다

그녀가 사라진 건 7년 전이었다.

그녀를 처음 만난 건 20대의 어느 날이었다. 그날 나는 한 선배의 생일을 축하하러 가고 있었다.

언니에게 이야기 많이 들었어요, 라고 건넨 나의 말에 그녀는 그랬어요? 라고 물었다. 판에 박힌 인사는 하지 않았다. 대신 해맑은 미소로 모든 걸 대신했다.

그렇게 우리는 조용히 가까워졌다. 오로라를 비행하고 싶다는 그녀의 공상을 동경했다가 사생활을 드러내지 않는 비밀스러운 말투에 가슴이 두근거리기도 했다. 요즘 어땠어, 라는 질문 하나에 시시콜콜 인생사를 쏟아내던 그때의 나와는 다른 사람이라는 것도 좋았다. 상처받았다며 울고 있던 나를 달래주지도 않고 말없이 볼에 블러셔를 두드려주던 엉뚱함도 좋았다. 그래서 그때 나는 그녀의 팬이 되었다.

그랬던 그녀가 갑자기 사라졌다. 정말 '어느 날'이었다. 내 문자에 답하지 않고 전화에 응답해주지 않았다. 너 괜찮아? 라는 문자를 혼자 적다가 그만두었다. 내 삶에서 작은 흔적도 남기지 않고 사라져버린 그녀를 존중해주고 싶어서였다.

어째서, 왜, 우리가, 각자의 삶에 묻혀 살면서 마주할 수 없는 것인지 원인을 따져보는 건 어리석었다. 단절이 이어지던 시간에도 완전히 끊어지지 않았다는 믿음만 혼자 키워 갔다.

그리고 우리는 다시 만났다. 그녀가 문득 내게 '하이, 플라워'라고 문자를 보내주던 날, 그녀는 다시 꽃처럼 찾아왔다.

7년의 시간을 뛰어넘어 광화문 어느 카페에서 다시 만났을 때 우리는 천천히 눈을 끔뻑였다. 말은 하지 않았지만, 시간이 바꾸어놓은 것은 무엇인지 부지런히 찾는 중이었다. 조금 야윈 몸, 조금 거칠어진 머리칼, 안경에 살짝 가려진 먹먹한 눈동자. 그러다 문득 보았다. 조금도 달라지지 않은, 미소에 담아 보내는 그녀의 애정을.

"네가 문자 보낸 날, 나 컵라면 먹고 있었는데 울었잖아. 그것도 북한산에서."

"뭐야, 울지 마. 내가 왔잖아."

누구나 그렇지만 7년이라는 시간은 길다. 애인이라던 놈을 잘라내고 싱글로 돌아가기에 충분하고, 생명줄로 여기던 회사를 박차고 나와 커튼 아래 앉아 있어도 이상하지 않을 긴 시간이었다.

나 역시 그랬다. 밥줄 같은 방송 프로그램을 '때려' 치우고 나를 찾겠다고 몸부림을 치고 있을 때였다.

그런 나의 변화를 '북한산'이라는 단어 한 마디에서 들켜버렸다.

"언니 등산 시작했어? 시간 많은가 보네. 좋아. 나도 등산 좋아했는데. 내가 북한산 다람쥐였잖아."

등산을 좋아했던 그녀가 교통사고를 당한 뒤 심한 허리 통증으로 침대에서 벽화를 그리듯 살았다고 말해주었을 때, 머릿속엔 숨이 턱턱 막히던 북한산 풍경 하나가 지나갔다. 언젠가 우리가 함께 '숨은 벽' 바위에 올라타는 날은 찾아올까, 그런 욕심을 부리면서 고개를 끄덕였다.

"그러게. 살아보겠다고 등산을 시작했는데 생각보다 좋아. 물론 예상대로 힘들고."

"잘하고 있어. 잘했어."

그녀의 한마디에 마음이 놓였다. 우리가 떨어져 지내던 사이에, 내가 나를 지키고 있었다는 것을 칭찬받는 느낌이었다. 잘 돌보고 있었다는 것이 그녀에겐 어쩌면 위로가 되었을 것이다.

그녀가 자신을 보여주지 않기로 한 건, 그녀의 선택이었다. 그리고 나는 그녀의 선택을 존중하지 않을 수 없었다. 너무 잘 알고 있기 때문이었다. 속해있던 집단과 관계에서 사라지고 싶을 때가 얼마나 많은지, 이미 설명할 수 없을 만큼 경험했다.

"지금은 안 아파?"

"지금도 아프지. 그냥 살살 달래면서 사는 거지. 그러니까 언니도 운동해."

그녀는 이제 취미로도 발레복을 입지 못한다. 몸으로 발레를 느끼는 시간은 다시 찾아오지 않을 수도 있다. 관객으로서 무대를 지키는 것으로, 무희를 훔쳐보는 것으로, 마음으로 느끼며 살아야 한다.

사라졌던 그녀의 시간을 상상하면서 깨달았다. 불완전한 건 우리의 관계가 아니라 우리의 인생이었다는 것을.

"너무 말라 보인다. 근데 자세는 예뻐. 어깨는 더 이쁘고."

"언니도 해야 해. 우리는 똑바로 설 수 있는 기립근을 만들어야 해."

기립근이라는 말이 너무 현실적이라서 나는 피식 웃었다. 일어서서, 똑바로 일어서서 세상을 보고 싶은 그녀의 마음이 나의 것과 같아서 우리는 또 함께 웃었다.

7년 동안 연락이 끊겼던 그녀가 다시 내게 돌아온 순간이 감사한 것은 사라진다는 것이 잊히는 건 아니라는 내 믿음을 확인했기 때문이었다. 내 기억 속에서 지워지지 않았고, 내 마음에서 사라진 적이 없었다는 걸 확인할 필요도 없기 때문이었다.

몇 안 되는 사람 속에서만 자유로운 나로서는 그녀와의 불안정한 관계에 늘 조심스러웠다.

연락이 끊기고 걱정이 이어지던 밤에 문득 생각했다.

뭐야, 전쟁이 난 것도 아니고 국경이 막혀버린 것도 아닌데. SNS가 판치는 세상에서 서로의 안부를 물을 수 없는 강제 이별이라니! 해도 너무해.

하지만 7년이라는 시간을 아무 소식 없이 살았다고 해도 우리의 시간이 함께 흘러왔다는 걸 깨닫는데 채 5분의 시간도 필요하지 않았다.

☽ ☁ ☀

그런 생각이 든다. 우리는 모두 자기 방에서 살아가는 사람들이지만, 가끔 복도에 서서 수다를 떠는 거라고. 수업 종이 울리면 다시 혼자 그 방으로 뛰어 들어가 전쟁하듯이 살아내야 하지만 말이다.

나는 자율학습을 하는 방에서 나오기도 하고, 풀기 어려운 수학 문제를 붙잡고 있다가 나가기도 한다. 그렇게 땡땡땡 신나는 소리를 듣고 달려 나갔을 때 사랑하는 사람들과 할 수 있는 건 생각보다 많다. 아이 좋아, 쉬는 시간이라니. 너랑 같이 있어서 너무 좋아. 이 초콜릿 먹을래? 우리 같이 화장실 갈까? 밥은 먹었어? 그렇게 안부를 물으며 서로를 본다.

오늘도 그랬다. 쉬는 시간에 만난 아이처럼 수다스럽게 밥을 먹고 커피 한 잔을 마셨다.

우리는 서로의 방에서 종소리를 듣고 달려 나와 잠깐 모퉁이에 서서 짧은 대화를 나누고 헤어지지만, 복도에서 다시 그녀를 만날 수 있다는 것이 행복했다. 몇 번의 쉬는 시간에 그녀가 자신의 방에서 나오지 않는다고 해도……. 그녀는 그곳에 있었고, 나는 그녀와 같은 우주에 있었으니까.

"어떻게 가?"

"나 지하철 타고. 언니는?"

"나는 여기 차 타고. 조심해서 가!"

"알았어, 플라워. 잘 가!"

한번 안아주고 돌아섰다가 핸드폰을 열어 문자를 썼다.

📱》 또 만나.

다음 종이 울리면 나와서 기다리고 있을게. 그땐 진짜 재

믿는 이야기로 너를 깔깔 웃게 해줄게.

하지만 말하지 않아도 우리는 안다. 서로의 시간을 기다려줄 만큼 믿고 좋아한다는 것을.

한참 후 그녀에게서 답장이 왔다.

📱» 또 만나.

날 찾아 주는
사람을 기억해.

날 보고 싶어
하는 사람을
생각해.

날 필요로 하는
사람을 잊지 마.

오지랖이 터지는 날

썩은 동아줄이라도 너에게 줄게

시간이 많이 지난 뒤에도 연락을 계속하는 후배들이 있다.

그들은 나에게 고마운 사람들이다.

서로의 길을 찾아 바쁘게 살아가면서도 틈이 생겼을 때 나를 기억해주는 후배라니, 보석 같은 사람들이다.

그냥 안부가 아니어도 반갑다.

유튜브를 제작하면서 유명해진 후배 PD에게서 전화가 왔다. 자신이 만드는 예능 유튜브를 '인간 극장'처럼 연출하고 싶다며 도와달라는 거였다. 작가료를 많이 줄 수 없어 미안하다면서, 그래도 선배가 꼭 도와줬으면 좋겠다는 말에 기운이 났다. 뭐라도 해주고 싶어졌다.

며칠 뒤 후배 PD는 한 개그맨의 전혀 진지하지 않은 하루를 쫓아 정성껏 촬영했고 그 영상을 내게 보내주었다.

　깔깔 웃는 개그맨의 얼굴 뒤에 숨겨진 진심을 찾느라 애를 쓰면서 휴먼 다큐멘터리의 내레이션을 진지하게 썼다.

　그리고 유명한 성우의 더빙으로 완성된 영상을 보며 마음이 즐거웠다.

　어떤 이유로든, 도움이 되는 사람이라는 건 기분 좋은 일이다. 그 대상이 후배라면 더 좋다.

🌙 ☁ ☀

　또 이런 전화도 있다.

　면접을 보고 돌아오는 길에 일의 조건이 적당한 건지 상의하는 후배다. 작가료와 근무 환경, 프로그램의 성격과 업무량에 대해 말하면서 걱정을 꺼내놓는다.

　새로운 일을 시작했다는 반가운 목소리도 있다.

　어떻게 하면 잘할 수 있을지 고민을 상담하기도 하고 명쾌

한 답을 해주기 어려운 질문을 하기도 한다.

그렇게 나는 후배들의 대나무밭이 되고, 당나귀 귀가 된다.

어제는 마음고생을 오래 한 후배에게서 연락이 왔다. 자신이 잘하고 있는지, 제대로 길을 걷고 있는 것인지, 길어진 방황을 어떻게 빠져나올지, 답답한 목소리를 들려주었다. 그러다 전화기를 붙잡고 눈물을 흘리기도 했다.

우리는 꿈을 꾸었고, 열정을 다해 그 자리에서 뛰어다녔다. 하지만 언젠가는 그 무대에서 내려와야 할 때도 있다.

'할 수 있을 거야'라고 격려하는 나의 말 한마디가 작은 위로가 될 수 있어 다행이었다.

🌙 ☁ ☀

밀린 원고를 쓰느라 바쁜 하루를 보내던 어느 날이었다.

저녁밥도 하기 싫어 배달 앱에 주문을 하나 넣고 소파에 기대어 앉았다. 쓸데없는 게임을 하나 열어 아무 생각도 하지 않으려고 애를 쓰고 있는데 후배에게서 문자가 왔다.

　📱 작가님, 저 오늘 생일이에요.

　　어, 진짜? 축하해.

　평범한 문자를 주고받는 것으로 서로의 안부를 묻고 있었는데 후배의 말이 자꾸 이상했다.

　방송일을 때려치우고 홈쇼핑 관련 업체에 들어간 것까지는 알고 있었는데 뜬금없이 경기도 어느 공장에서 야간 근무를 하고 있다는 거였다.

　헐, 하고 걱정을 시작하려는 찰나였다. 후배는 솔직히 말해주었다. 지인에게 사기를 당하고 모든 것을 잃었다고. 회생 신청을 하고 돈을 갚기 위해 공장에 들어왔다고.

　잔소리를 먼저 해야 하나, 한숨을 먼저 쉬어야 하나 고민하고 있는데 후배는 나를 걱정하듯 말했다.

　📱 버라이어티하죠?

　　왜애…….

　그런데, 그다음 문장이 너무 무거웠다.

가슴이 쿵, 떨어지는 말이었다.

📱 작가님 다시 못 볼 뻔했다고요.

침이 꼴딱 넘어갔다. 도대체, 무슨 일이 있었던 거니. 얼마나 많이 안 좋았던 거니.

더 묻고 싶었지만 그럴 수가 없었다. 겨우 잠재워둔 후배의 가슴에 다시 불을 지르고 싶지는 않았다.

다독여진 마음이 단단해지길 기다리는 마음으로 뭐 할 수 있는 일은 없을까 생각했다.

그러다 겨우 생각해낸 게 욕이었다.

평소에 잘 하지 않지만, 그냥 해버렸다.

📱 X새끼…….

벌 받을 거야…….

악담을 해줄게.

살을 날리자.

쓰레기!

결국 후배가 웃으며 나를 말렸다.

우리는 다른 세상에 살면서 서로를 너무 모르고 살아간다.

아무리 진심을 가졌다고 해도 마음만으로는 어떤 위로도 되지 못할 때가 많다.

각자의 삶에서 가끔 빠져나와 문장 몇 개를 보내는 것으로 그 깊은 슬픔을 어떻게 설명할 수 있을까.

나의 위로 따위는 처음부터 기대하지 않았을 후배여서 더 미안했다.

머리를 쥐어짜도 '신박한' 위로는 생각나지 않았다.

나오는 말은 이게 전부였다.

📢 인생 길다. 돈벼락 맞아야지…….

어느 노래의 가사처럼 '말하는 대로' 되기를 기도하는 마음이었다. 이런 말이 정성이 되어서 하늘이 '감동 감화'를 해준다면, 얼마든지 후배를 위해 긍정의 주문을 걸어줄 수 있을 텐데. 얼마든지 주책맞게 떠들어 줄 수 있을 텐데.

어떤 이유로든 나를 기억해주는 후배와 동생들에게 언제나 같은 자리에 있는 선배가 되고 싶다.

할 수만 있다면, 필요하다면, 썩은 동아줄이라도 던져주고 싶다.

그러기 위해선 내가 더 단단해져야 한다는 걸 알고 있으니, 오늘 하루도 열심히 살아야 한다고 다짐할 뿐이다.

혹시 줄이
썩었으면
그냥 손 잡아

편지를 쓰려고 했는데
그냥 빈 종이로
보냈어.
그런데 참 이상하지.
그 편지를 보고 펑펑
울어주는 사람이
있어.
비어버린 공백을
채우고 있는
수만 가지의 언어들.
가끔 그걸 알 수
있어서 감사해.

그냥좋은날

인생 공백기, 나에게는 쉼표.

공백 空白

1. [명사] 종이나 책 따위에서 글씨나 그림이 없는 빈 곳.

2. [명사] 아무것도 없이 비어 있음.

3. [명사] 특정한 활동이나 업적이 없이 비어 있음.

출처 : 〈표준국어대사전〉

잠적하고 무리에서 사라지고 나면 사람들은 그것을 인생의 공백기라고도 한다.

아무것도 하지 않아 비어버린 시간, 버려진 시간이라고 말하기도 한다.

왜 우리는 비어버린 시간을 굳이 그렇게 나쁘게 말하는 걸까.

방송 일을 그만두고 혼자 글쓰기를 하다가 오랜만에 친구를 만났다.

겨우 6개월밖에 지나지 않았는데 친구는 나를 걱정했다.

"공백기가 너무 긴 거 아냐?"

"나 공백기 아니야. 꿈이 있어서 뭐 좀 공부하고 있었어."

"공부? 무슨 공부?"

"그냥 방송 말고 다른 글 쓰고 싶어서. 하여튼 공백 아니야."

삐죽거리는 내 입술을 보더니, 친구는 어쩔 수 없다는 듯 말했다.

알았다, 알았어. 너 공백기 아니야.

🌙 ☁ ☀

얼마 전 방송에서 유명 영화배우가 자신의 공백기에 대해 이런 설명을 하는 걸 봤다.

"공백기라고 해서 제가 아무것도 하지 않는 건 아니에요. 저는 열심히 살고 있었거든요."

맞다. 그녀는 끊임없이 영화와 드라마에 출연했는데 왜 사람들은 그녀가 나올 때마다 '공백을 깨고 돌아온'이라는 수식어를 붙이는 걸까.

그녀는 어디로 사라진 적이 없다. 그럼 돌아온 것도 아니다.

보이지 않는 곳에서 열심히 '뭔가'를 했을 것이다. 그리고 열심히 가족과 함께 '살아내는' 일을 했을 것이다.

우리가 그녀의 삶을 잘 알지 못하면서 '공백'이라는 수식어를 붙이며 평가한다는 것이 얼마나 부끄러운가.

우리가 얼마나 무례한지 잊어버린 채.

🌙 ☁ ☀

공백이라는 단어를 생각하다가 오랜 지인을 만났다.

사소한 일로 크게 미안해하며 내 집 앞까지 찾아온 그녀와 오랜만에 수다를 떨었다.

그러다 식물원 어느 얇은 나무 아래 앉아 공백에 관해 이야기했다.

내가 툭 한마디를 던져놓았을 뿐인데, 그녀는 찰떡같이 알아듣고 말을 보태줬다.

"맞아. 남의 눈에는 공백이어도 나에겐 쉼이잖아."

고개가 끄덕여졌다.

열심히 살지 않으면 또 어떤가.

그냥 쉬면 또 어떤가.

그냥 살아내는 일이 전쟁인 사람도 있는데.

견디며 숨을 쉬고, 참으며 밥을 먹고, 두근거리는 가슴을 다독이며 하루를 보내는 사람도 많다.

누군가의 눈에 띄지 않았다고 해서 그것이 인생의 공백이 될 수는 없다.

열심히 살지 않았다고 공백이라고 말할 수도 없다.

글을 쓰는 사람에게 공백은 특별한 의미가 있다.

작가가 글을 멈추고 아무것도 쓰지 않고 빈 종이를 남겨 놓았다면 거기엔 또 다른 언어가 있다는 뜻이다.

공백으로 만들어 놓은 그 빈자리에 수만 가지의 이야기와 감정을 숨겨 놓은 것이다.

저자가 독자와 신나게 수다를 떨다가 멈추고 침묵을 시작했다면, 이제부턴 침묵을 함께 느껴보자는 의미다.

말로는 설명할 수 없는 깊은 진심을 전하고 싶은 빈 공간일 것이다.

한 줄을 떼고

   .

두 줄을 떼고

   .

．

세 줄을 떼고

．

．

．

그렇게 공백을 만들어놓고 생각하다가, 다시 말한다.

모든 것을 멈추고 잠시 사라집시다.

그것이 쉼이 될 수 있도록 완전히 사라져봅시다.

그리고 짝짝짝.

용기 내어 잠적하는 우리 모두에게 박수를.

다시 일어서서 바쁜 일상으로 돌아오는 우리 모두에게 건

배를.

아무것도 안 쓰여 있어서
너무 재밌어

나를 구속하는 억압에서 벗어나고 싶을 때가 많았어.

나 같은 사람에게 해방이라는 말을 쓰는 게 너무 거창한 것도 알지

만, 그만큼 진지한 얘기였거든.

아무도 나를 통치하지 않았는데 왜 나는 지배를 당하고 있었을까.

나를 통치하는 그 왕국에서 나를 괴롭히던 게 나였다면,

그건 또 아픈 말이 되어버려.

왜 나는 그렇게도 나를 쥐고, 흔들고, 많은 규칙과 원칙을 세워놓고,

검열하고, 따지고, 되물었을까.

일을 그만두고 집에 누워있는데 문득 알게 됐어.

나의 해방은 나로부터 시작된다는 걸.

내가 만든 어리석은 규칙을 버려야 한다는 걸.

맞아. 그렇게 노력하지 않아도 된다는 걸,

정말 '어느 날', 알게 된 거야.

살다 보면 이상한 날도 있고, 어이없는 날도 있지.

바보 같고, 망가지고, 고장난 날도 많아.

그런 나를 예쁘다고 안아줄 사람이 없어서 슬펐는데

생각해보니 내가 하면 되는 거였어.

두 팔 벌려, 나를, 내가, 안아주면 되는 거였어.

잊지 마. 그걸 알게 된 것도

정말, '어느 날'이었으니까.

그러니까 너에게 자유를 좀 줘.

너를 해방해.

아무것도 하지 마.

그냥 낭비해.

그냥 멍해져 봐.

필요하다면 사라져.

공백을 가져.

잠적해.

그리고 그런 너를 칭찬해줘.

그렇게 우스꽝스러운 날이 일 년에 딱 한 번만이라면

손해 볼 것도 없잖아.

나머지 많은 날을 멋지게 살아내면 되니까.

아니, 멋지게 아무것도 하지 않아도 되니까.

나처럼 해보고 싶은 사람 모두 모여라.

지금부터 내 꼬리 붙잡기!

그리고 함께 눕자.

아무것도 하지 말자.

가만히 있어 보자.

어떤 일이 일어나는지.

내 꼬리 잡은 당신을 안아주고 싶은

정화영 드림

그런 날, 어떤 하루

발행일 | 2023년 5월 4일 초판 1쇄
2023년 6월 12일 초판 2쇄

지은이 | 정화영
펴낸이 | 장영훈
펴낸곳 | 사유와공감

편집총괄 | 남선희
기획편집 | 이연제
디자인 | 디자인글앤그림
일러스트 | 이아름 오슬기
인쇄 | ㈜교보피앤비

등록번호 | 제2022-000216호
주소 | 서울특별시 강서구 화곡로 416 17층 1720호
대표전화 | 02-6951-4603
팩스 | 02-3143-2743
이메일 | 4un0-pub@naver.com

홈페이지 | www.4un0-pub.co.kr
SNS 주소 | 페이스북 www.facebook.com/saungonggam
인스타그램 www.instagram.com/saungonggam_pub
블로그 blog.naver.com/4un0-pub

ISBN | 979-11-980088-8-6(03810)

사유와공감은 항상 독자 여러분의 아이디어와 원고 투고를 기다리고 있습니다. 책으로 만들고 싶은 원고가 있으시면, 간단한 기획안과 샘플 원고, 연락처를 적어 4un0-pub@naver.com으로 보내 주세요.